Tanya Bairska

DIE ABENTEUER DES KLEINEN BEO

Illustriert von Tanya Bairska

Ich widme dieses Buch dem wunderbarsten Mädchen der Welt, meiner lieben Enkelin Jovana!

Urheberrecht © 2024 von Tanya Bairska
Alle Rechte vorbehalten.
Kein Teil dieser Veröffentlichung darf in irgendeiner Form reproduziert,
verbreitet oder übertragen werden, sei es durch Fotokopieren,
Aufzeichnen oder andere elektronische oder mechanische Methoden,
ohne vorherige schriftliche Genehmigung des Autors,
außer in den gesetzlich zulässigen Fällen gemäß dem
EU-Urheberrechtsgesetz.
Für Genehmigungsanfragen wenden Sie sich bitte an die Autorin unter:
3bairska@gimail.com
Amazon Kindle-Online Shop:

Dieses Buch ist ein Werk der Fiktion. Namen, Charaktere, Unternehmen,
Organisationen, Orte, Ereignisse und Vorfälle sind entweder das Produkt
der Fantasie des Autors oder gemeinfrei. Jegliche Ähnlichkeiten mit
realen lebenden oder verstorbenen Personen,
Ereignissen oder Orten sind rein zufällig.

Einbandgestaltung von Tanya Bairska
Erste Ausgabe auf Deutsch: Oktober 2024.

INHALT

Beo lernt Fräulein Anni kennen 5

Beo reibt sich den linken Schnurrbart 12

Beo trägt das Frühstück aus 19

Beo gibt eine „Pressekonferenz" 24

Beo zu Gast bei Anni 29

Beo trägt die Post aus 35

Beo lernt einen Obdachlosen kennen 43

Beo und Maja wieder als Verkäufer 54

Beo traf sich mit dem Vermieter 62

Die Elternversammlung 71

Der Abreise 80

ZWEITER TEIL 86

Das Käferland 86

Beo Ein Fan 94

Der Tanzabend im Palast 99

Zu Besuch beim Silberwels 107

Maja verirrt sich und alle 116

suchen nach ihr 116

EPILOG 133

ERSTER TEIL

Beo lernt Fräulein Anni kennen

Da, wo die Lindenstraße die Hauptstraße kreuzt, gab es eine kleine Bäckerei. Die Verkäuferin, ein lächelndes, molliges Fräulein, öffnete morgens sehr früh ihr Geschäft und stellte das fertige Gebäck in die großen Körbe, damit auch die frühesten Frühaufsteher ihr Frühstück kaufen können. Dann setzte sie sich auf einen alten hölzernen Stuhl und wartete auf die ersten Kunden.

Eines frühen Morgens, als es draußen noch dunkel war, öffnete Fräulein Anni, das war nämlich der Name der Verkäuferin, die Bäckerei. Sie machte die Lichter an und begann mit ihrer üblichen Arbeit.

Gerade streckte sie die Hände nach einem Korb aus, um ihn mit Schokolade Croissant zu fühlen, da hörte sie hinter sich ein dünnes Stimmchen sagen:

„Pass auf, dass du mich nicht zerdrückst, bitte!"

Fräulein Anni erstarrte auf der Stelle. Sie sah sich erschrocken um.

„Du schaust nicht in die richtige Richtung!", sagte das Stimmchen. „Hier unten bin ich, direkt hinter deinem linken Fuß."

Die Verkäuferin drehte sich vorsichtig nach hinten um, aber außer einem kleinen schwarzen Skarabäus-Käfer sah sie nichts anderes.

„Warum starrst du mich so an? Hast du noch nie einen

Käfer sprechen hören? Komm, hebe mich auf! Ich möchte mir nicht einmal vorstellen, was mit mir passieren würde, wenn so ein dickes Fräulein wie du auf mich treten würde!

Fräulein Anni kniff sich in ihre Wange und schüttelte den Kopf. Nein, das war kein Traum. Der kleine Käfer redete wirklich mit ihr. Sie bückte sich und nahm ihn vorsichtig in die Hand.

Die beiden betrachteten sich gegenseitig eine Weile schweigend. Die Augen des Käfers waren wie zwei kleine

Stecknadelköpfe und diese Augen bewegten sich von einer Seite zur anderen und zurück.

Es rieb schließlich seine Vorderbeinchen aneinander, als ob es mit dem Aussehen der Verkäuferin zufrieden wäre.

Fräulein Anni holte tief Luft und fragte verlegen:

„Bist du der redet, Kleiner?

„Ohne Beleidigungen, bitte!", empörte sich dieser. „Hast du etwas dagegen, dass ich so winzig bin? Außerdem kann ich so groß werden, wie ich will. Ich muss nur meinen magischen Schnurrbart berühren. Schau mal!"

Mit diesen Worten berührte der Käfer seinen linken Schnurrbart und wurde plötzlich so groß wie ein kleiner Junge. Dann berührte er seinen rechten Schnurrbart und verwandelte sich vor den erstaunten Augen der Verkäuferin wieder in einen kleinen Käfer.

„Übrigens, dort wo ich herkomme, ist alles klein. Die Häuser, die Straßen, die Geschäfte…alles!"

„Wirklich? Oh, entschuldige mich, bitte! Es war nicht meine Absicht, dich zu beleidigen.", versuchte die Verkäuferin ihn zu beruhigen. „Und woher kommst du eigentlich?", fragte sie.

„Ich komme aus Käferland."

„Aus Käferland?!"

Fräulein Annie hob fragend die Augenbrauen. „Was ist denn Käferland?"

„Nun, das ist das Reich der Käfer!", antwortete der kleine Käfer stolz. „Hast du noch nie davon gehört? Wie ist das möglich? Es liegt am Fuße des großen Hügels am Ende der Stadt."

„Aber das ist ziemlich weit von hier... Bist du ganz alleine gekommen?"

„Na, ja. Vor zwei Tagen."

„Zwei Tage sind eine lange Zeit. Deine Eltern sind sicherlich besorgt um dich."

„Wenn du es wissen willst, ich bin von zuhause ausgerissen!"

„Echt!", klatschte die Verkäuferin in die Hände. „Und warum um Himmels willen?"

Das Käferchen zuckte mit den Schultern.

„Weil ich die Nase voll hatte! Alle sagen mir, was ich machen oder ja nicht machen soll: "Das darfst du nicht tun! Dort darfst du nicht hingehen!" Es gibt überall nur Regeln und alles ist verboten!

Eines Tages fragte ich meinen Vater, ob ich für ein Paar Tage in die Menschenwelt gehen darf. Lieber Gott! Er wurde so wütend!

„Du bist doch noch sehr klein!", sagte mein Vater. „Was willst du denn im Land der Menschen tun? Warum machst du nicht lieber etwas Nützliches, zum Beispiel einen Kurs für Gartenarbeit besuchen?"

„Wie langweilig!", seufzte der kleine Käfer. „Ich weiß nicht warum, die Dinge, die ich tun darf, finde ich langweilig, aber alles, was ich nicht tun darf, kann ich kaum erwarten. Komisch, nicht wahr? Also beschloss ich abzuhauen, weil ich keinen Bock hatte..."

„He! Warte mal!", unterbrach ihn die Verkäuferin. „Was für eine Sprache ist das? Was für Ausdrücke sind diese: "ich hatte keinen Bock" und "ich beschloss abzuhauen"? Das ist keine schöne Sprache! Sprich bitte wie ein gut erzogener Mensch…äh… ich meine Käfer!"

„Immer das Gleiche!", seufzte gelangweilt das Käferchen. „Gibt es zumindest einen Platz in dieser Welt, wo man machen kann, was man will?"

„Es gibt keinen!", fuhr Anni ihn an. „Und wenn es irgendwo einen solchen Platz gibt, ist das nicht hier! Ganz nebenbei, wie heißt du?"

„He, sieh dir an, wie neugierig diese Dicke ist! Und warum sollte ich dir meinen Namen sagen?"

„Du!" Die Verkäuferin stemmte drohend ihre Hände in die Hüften. „Wenn du mich noch einmal „Dicke" nennst, werde ich dich, ohne viel nachzudenken, rauswerfen. Sobald du in meiner Bäckerei bist und meine Gebäcke isst, musst du dich höflich verhalten! Ist das klar?"

Die runden Wangen der Verkäuferin erröteten vor Empörung, und der ungebetene Gast erkannte, dass sie ihre Drohung tatsächlich wahr machen konnte.

„Ich muss vorsichtig mit ihr sein", dachte der kleine Käfer. Er war schon sehr müde von der langen Reise und wollte nicht wieder auf die Straße zurück. Außerdem, weckte diese Dame mit der weißen Schürze und dem runden Gesicht, sein Vertrauen

„Es tut mir leid!", sagte er. „Als ich in diese Stadt kam, habe ich einige Jungs gehört, die auf diese Art und Weise reden und ich dachte, dass es in diesem Ort so üblich ist.

Übrigens, ich habe von deinem Gebäck nichts gegessen. Ich bin nicht so schlecht erzogen…"

„Na, gut!" Die Verkäuferin blickte herablassend auf ihn

hinunter. „Ich bin Fräulein Anni, aber alle nennen mich Anni. Also du kannst mich auch so nennen.

Die Jungen, die du getroffen hast, kommen nicht aus einem guten Haus. Sie haben nur Unsinn im Kopf. Aber weil du hier neu bist, verzeihe ich dir!", sagte die Verkäuferin.

Danach legte sie ihn in ein kleines Kästchen und sagte:

„Ich glaube, dass du dich hier wohlfühlen wirst. Hast du Hunger?"

„Na, ja!" Seine kleinen Augen leuchteten begierig auf. „Ich bin am Verhungern!"

Anni schnitt ein Stück Käsetorte ab und legte es in das Kästchen.

„Guten Appetit! Ich muss aber jetzt arbeiten, weil meine Kunden bald kommen."

„Beo.", sagte der Kleine mit vollem Mund.

„Wie bitte?" Anni blickte ihn erstaunt an.

„Mein Name ist Beo. Du wolltest es ja wissen, nicht wahr? Um ganz genau zu sein, ich bin in eigentlich Seine Hoheit Beo der Dritte.

„Was hast du gesagt, wer bist du? Seine...was?"

„Seine Hoheit. Ich bin der einzige Sohn von König Käferung, dem König der Käfer."

„Nein!", klatschte die Verkäuferin in die Hände. „Das ist unmöglich! Du bist also ein richtiger Prinz...?"

„Ganz genau! Ich bin ein Prinz!", nickte würdevoll der kleine Käfer und aß weiter, während Fräulein Anni den Kopf vor Erstaunen schüttelte.

„Was muss ich da noch erleben!?", hob sie die Hände. „Den Thronfolger des Reiches der Käfer zu treffen, der darüber hinaus auch noch sprechen kann!

„Wir alle können sprechen.", sagte Beo „Aber wir wollen nicht mit den Leuten reden."

„Wirklich? Und warum nicht?"

„Weil sie arrogant und nicht sehr freundlich sind. Na, zumindest einige von ihnen...", fügte er hinzu, weil er dachte, dass die Verkäuferin vielleicht beleidigt sein könnte.

„Ich verstehe! Na komm, wir unterhalten uns hier gut, aber ich muss arbeiten." sagte Anni und ging, die Türe der Bäckerei aufzuschließen.

Mehrere Kunden warteten schon draußen und schauten nervös auf ihre Uhren. Wahrscheinlich fürchteten sie, dass sie zu spät zur Arbeit kommen könnten.

„Es tut mir leid! Entschuldigen Sie bitte die Verspätung! Ich werde euch sofort bedienen!", sagte die Verkäuferin.

Nach einigen Minuten hatte jeder ein leckeres Frühstück in der Hand und konnte sich auf den Weg zur Arbeit machen.

„Was kann man da tun? Die Leute haben Recht." seufzte Anni „Wie das Sprichwort sagt: „Ein hungriger Bauch hat keine Ohren." Nicht wahr, Beo?"

Statt einer Antwort kam aus dem Karton ein leichtes Schnarchen. Der kleine Käfer, müde vor den vielen Abenteuern, war eingeschlafen.

„Seine Hoheit...", lächelnd schüttelte die Verkäuferin den Kopf und setzte sich auf den alten Holzstuhl, um auf die nächsten Kunden zu warten.

Beo reibt sich den linken Schnurrbart

Auf einmal wurde Beo durch einen großen Lärm geweckt und er öffnete schlaftrunken die Augen. Was für eine Aufregung war denn das?

Die Bäckerei war voll mit Mädchen und Jungen, die sich aneinanderdrückten, weil jeder als Erster die Theke erreichen wollte. Sie waren so laut, dass man sich die Ohren hätte zuhalten müssen.

Fräulein Anni versuchte vergeblich, sie zu beruhigen, niemand achtete auf sie. Jedes Kind streckte die Hand aus und wollte als erstes ein Frühstück kaufen.

Plötzlich schrie eine dünne Stimme, die die anderen übertönte:

„Hey, schrille Affen! Ruhe!"

Mit einem Mal verstummten alle und schauten einander verwirrt an. Es gab niemand anderes in der Bäckerei außer der Verkäuferin. Aber das war nicht ihre Stimme. Außerdem, Fräulein Anni würde sie nie schrille Affen nennen.

„Ihr seid eine Bande schriller Affen!", rief die Stimme wieder.

„Anni, gibt es jemand anderen außer dich hier?", fragte zaghaft ein dünnes Mädchen.

„Nein, es gibt niemanden.", log die Verkäuferin und errötete.

„Wer redet denn dann so?"

Inzwischen kam Beo aus dem Kästchen heraus und kroch auf die Theke.

Anni machte ihm Handzeichen, sich nicht zu zeigen, aber das war vergebens, weil er vorgab, ihre Zeichen nicht zu sehen.

„Euch will ich es aber zeigen!" Er schüttelte drohend seinen schwarzen Schnurrbart.

Die Kinder verstanden schließlich, woher die geheimnisvolle Stimme kam. Sie umzingelten den kleinen Käfer mit leuchtenden und neugierigen Augen.

„O-o, aber es spricht!", flüsterten sie aufgeregt. „Wirklich, es spricht!"

„Ah, so? Und was kannst du uns tun, wenn du so winzig bist?", lächelte spöttisch ein dicker Junge mit großen Ohren. „Wenn man dich sehen will, braucht man zweifellos eine Brille ..."

„Tja! Es ist unmöglich, dass jeder so groß ist, wie deine Ohren...!", zwinkerte Beo den Kindern zu und sie brachen in Gelächter aus.

Der dicke Junge wurde ganz rot und trat zum kleinen Käfer heran.

„Weißt du, dass ich dich nur mit einem Finger zerquetschen kann?!", sagte er und zeigte mit dem Daumen, wie er das tun würde.

„Ja, ja! Aber weißt du, wenn ich nur einmal meinen Schnurrbart reibe, kann ich dich noch kleiner machen, als ich es bin!"

„Quatsch! Das ist nicht möglich, noch kleiner zu sein, als du es bist?", spottete der Junge mit den großen Ohren.

Ohne ein weiteres Wort, rieb sich Beo den linken Schnurrbart und alle riefen „Ach", weil in diesem Augenblick der dicke Junge aus ihrem Blickfeld verschwand.

Eigentlich war er nicht ganz verschwunden, nur in eine kleine Ameise verwandelt, die auf dem Fußboden kroch, zusammen mit anderen Insekten.

Die Verkäuferin hatte bis dahin schweigend dem Gespräch zugehört, aber nun konnte sie nicht mehr ruhig bleiben und fuhr Beo zornig an.

„Was hast du gemacht?! Sag sofort, wohin das Kind verschwunden ist!"

„Nein, nein, er ist nicht verschwunden. Er ist hier!",

beeilte sich der kleine Käfer zu erklären. „Ich habe ihn nur ein bisschen kleiner gemacht..."

„Ein bisschen!?", schrie die Verkäuferin verärgert. „Vergrößere ihn sofort!"

„Gut, gut! Werde ich das gleich machen! Ach, du lieber Gott!" Beo schüttelte den Kopf. „Was für eine Sorge für einen Esel mit Klappohren!"

Der kleine Käfer rieb wieder seinen linken Schnurrbart und der Junge mit den großen Ohren tauchte in seiner normalen Größe wieder auf. Er war sprachlos vor Angst und rollte nur mit seinen Augen in alle Richtungen. Schließlich lief er auf die Straße hinaus, ohne sich noch einmal umzudrehen.

Alle Kinder verstummen. Sie waren so verblüfft, dass sie sich nicht bewegen konnten.

In diesem Moment ertönte der heisere Klang der Schulglocke. Die Pause war zu Ende und die Kinder in Gruppen zu zwei oder drei, richteten sich zur Schule. Sie blickten verstohlen hinter sich, als ob sie fürchteten, dass dieser außergewöhnliche Käfer sie auch verkleinern würde.

„Schau was du angerichtet hast?!", rief Anni „Alles Gebäck ist unverkauft geblieben. Was werde ich jetzt machen mit so viel Kuchen? Es ist deine Schuld, dass die Kinder hungrig geblieben sind!"

Die arme Frau weinte fast.

Beo wusste nicht, was er sagen sollte und schwieg schuldbewusst. Dieses Durcheinander war ja wirklich seine Schuld und jetzt musste er alles wieder in Ordnung bringen.

„Anni, ", begann er, „weißt du, dass wenn ich zuerst meinen linken Schnurrbart und dann den rechten reibe..."

„Wage es nicht!", stampfte die Verkäuferin mit dem Fuß auf. „Genug mit diesem deinem Schnurrbart! Fass ihn nicht mehr an, sonst werde ich ihn herausreißen! So! Ich muss jetzt etwas erledigen, also gehe ich. Und wenn ich zurückkomme, will ich alles in Ordnung finden! Ohne verkleinerte Kinder und andere Tricks und Unsinn! Alles klar?"

Anni zog ihre Schürze aus, legte sie auf den Stuhl und ging hinaus, ohne eine Antwort abzuwarten.

Der kleine Käfer seufzte. Er wollte weder die Verkäuferin ärgern noch die Kinder erschrecken, aber ein kleiner Teufel in ihm trieb ihn manchmal an, lauter Unfug zu machen. Aber da Beo ein gutes Herz hatte, bedauerte er immer hinterher, was er angestellt hatte.

Er kroch unter die Türe, ging auf die Straße hinaus und schaute zur Schule. Er musste etwas erfinden.

In diesem Moment ging ein kleines Mädchen in einem kurzen roten Kleid an der Bäckerei vorbei. Da kam Beo eine Idee.

„Hallo du, Kleine, komm doch mal hierher! Ich möchte dich etwas fragen!", rief er ihr nach.

Das Kind blieb stehen und sah sich um.

„Heran, heran! Hier unten bin ich!", schrie der kleine Käfer nochmal und dachte, wie gut es war, dass Anni die Türe nicht abgesperrt hatte.

Das kleine Mädchen kam näher und schaute Beo neugierig an.

„Warum bist du nicht in der Schule?", fragte er.

„Weil ich noch zu klein bin. Das nächste Jaah weede ich in del elsten Klasse sein.", antwortete das kleine Mädchen.

Es hatte wie manche ihrer Altersgenossen Schwierigkeiten, den Buchstaben „R" auszusprechen, also ersetzte sie ihn durch den Buchstaben „L" oder sprach ihn einfach nicht aus.

„Wie heißt du denn?", fragte er.

„Maja."

„Sehr angenehm! Mein Name ist Beo. Maja, kannst du mir bitte helfen, etwas Wichtiges zu tun?"

„Was sollen wil tun?"

„Wir wollen diesen Korb mit Gebäck füllen und dann in die Schule bringen. Also würdest du mir helfen?"

Das kleine Mädchen dachte einen Moment nach.

„Und was gibst du miel, wenn ich das mache?", fragte es gegen die Sonne blinzelnd.

„Hm! Schauen wir mal! " Beo kratzte sich den Kopf.

„Magst du Brötchen mit Schokolade?"

Das kleine Mädchen schüttelte verneinend ihren blonden Kopf.

„Ich mag sie nicht!"

„Echt? Hm! Ich sehe zum ersten Mal ein Kind, das die Schokoladenbrötchen nicht mag...In diesem Fall, willst du vielleicht ein Stück Käsekuchen nehmen? Magst du denn vielleicht?"

„Nein!" Maja runzelte die Stirn.

„Wirklich?! Aber dann, was isst du denn am liebsten?"

„Eis!"

„Eis…?" Beo kratzte sich wieder am Kopf.

Obwohl es kein Eis in der Bäckerei gab, wäre es einfach genug, er musste nur seinen rechten Schnurrbart reiben, und schon hätte Maja das leckerste Eis der Welt in ihrer Hand. Aber er hatte Fräulein Anni versprochen, das nicht zu machen und wollte sein Versprechen halten.

„Nun, wir haben hier kein Eis." Er hob hilflos die Hände.

Maja schickte sich an zu gehen.

„Warte mal!", stoppte er sie. "Willst du einen Kaugummi?"

„Ja, ich mag Kaugummi!", das Kind nickte.

„Dann gehen wir rein, dass du wählen kannst!"

Die beiden betraten die Bäckerei. Das kleine Mädchen musterte die vielfarbigen Päckchen im Schaufenster.

„Daaf ich zwei nehmen?", fragte sie.

„Aber natürlich!", lächelte Beo.

„Also gut!", sagte Maja. „Ich weede dil helfen, die Albeit zu tun."

„Toll!", rief der kleine Käfer aus.

Maja füllte einen Weidenkorb mit Gebäck und bedeckte es dann mit einem sauberen Tuch. Schließlich setzte sie vorsichtig den Käferchen in die Tasche ihres Kleides.

„Trag du den Korb und ich werde dir von hier sagen, was du tun sollst!", meldete sich Beo aus der Tasche.

„Gut!"

Das Mädchen drehte den großen eisernen Schlüssel in dem Schloss um und ließ ihn in die andere Tasche ihres Kleides gleiten, wo auch die Kaugummis waren.

Dann machten sie sich auf den Weg zur Schule, Maja stützte den vollen Korb mit beiden Händen.

Beo trägt das Frühstück aus

Es gab Mathematikunterricht im ersten Klassenzimmer. Die Schüler lösten gerade eine schwierige Aufgabe, als jemand an die Türe klopfte.

„Herein!", rief die Lehrerin und schaute über ihre Brille, um zu sehen, wer es war. Die Türe ging auf und der blonde Kopf von Maja erschien.

„Guten Tag, Flau Lehlelin!", klang ihre dünne Stimme. „Daaf ich diese Gebäcke den Kindeln velteilen, bitte! Weil..." Sie machte eine Pause und schaute zu ihrer Kleidertasche, woraus Beos leise Stimme kam. „Weil", sagte das Mädchen weiter, „sie heute, wegen eines schelmischen kleinen Käfels, ohne Flühstück geblieben sind."

Lächelnd nahm die Lehrerin, die übrigens, eine sehr nette Dame war, ihre Brille ab, und sagte:

„Guten Tag, meine Kleine! Ich habe eigentlich nicht gut verstanden, was du meinst, aber ich denke, dass es nicht falsch ist, den Kindern die Gebäcke zu geben. Nur, mach das, bitte, ein bisschen schneller, weil wir hier eine sehr wichtige Arbeit vor uns haben!"

Maja nickte und ging zwischen den Schülern hin und her und, sagte:

„Das Käfelchen bedauelt fül heute Moogen und es velsplicht, dass es nie mehl so tun wid!"

Die Kinder wurden lebhaft. Sie gaben die Münzen für das Gebäck und flüsterten aufgeregt untereinander. Sie wünschten, den Unterricht schneller zu beenden, um in die Bäckerei zu gehen, wo das ungewöhnliche Käferchen war.

Ihre Neugierde überwand schließlich ihre Angst. Außerdem haben sie die Versicherung erhalten, dass „es nie mehl so tun wid!"

Im nächsten Klassenzimmer hatten die Schüler eine Musikstunde. Sie sangen ein Lied über einen kleinen, ungehorsamen Hasen, deshalb hörten sie Majas Klopfen nicht. Sie öffnete die Tür und ging zum Pult, wo die Lehrerin den Takt schlug. Diese Dame war aber nicht so freundlich wie die vorige.

„Was ist falsch?" Sie hob ihre dünnen Augenbrauen. „Warum unterbrichst du meine Lektion, Kind?"

Maja beunruhigte sich.

„Ich...Daaf ich, bitte, diesen Imbiss den Kinden geben?"

„Wa-a-as?!", schrie die Lehrerin. „Was für Unsinn du sprichst? Verlasse sofort das Klassenzimmer!"
Ihr langer, dünner Finger zeigte auf die Tür.
Maja war bereit zu weinen. In diesem Moment hörte man die nörgelnde Stimme des Beos.
„Aber meiner Meinung nach sollten Sie besser den Raum verlassen und uns nicht noch mehr mit Ihrem Falschen Gesang belästigen."
Die Musiklehrerin sprang empört auf.
„Was für ein Benehmen?!", schrie die Lehrerin, glaubend, dass sie mit Maja redet. „Wie kannst du es wagen so mit mir zu sprechen?!"
„Und du? Wie wagst du es vor so einem kleinen Kind dich so schlecht zu benehmen?! Haben deine Eltern dir nicht gesagt, dass das keine guten Manieren sind?"
Das Gesicht der Lehrerin wurde ganz rot vor Zorn.
„Ich gehe jetzt den Herr Direktor zu benachrichtigen!", drohte sie und stürzte hinaus.
„Ganz richtig!", rief Beo ihr nach. Er war aus seinem Versteck gekommen und lächelte den Kindern zu.
„Das soll man tun!? Wofür sind Schulleiter da, wenn niemand nach ihnen sucht?", fügte er hinzu.
Alle standen von ihren Plätzen auf und umringten den kleinen Käfer. Einige wagten es sogar seine glänzenden Rücken zu berühren.
„Habt ihr gesehen, dass ich nicht so schrecklich bin?", schmunzelte er. „Nun könnt ihr euer Gebäck nehmen, aber macht schnell, bevor Fräulein „Gutes Benehmen" wieder zurückkommt!"

Im letzten Zimmer hatten die Schüler ein Diktat. Maja bat höflich um Erlaubnis, den Kindern das Gebäck auszuteilen.

Anerkennend nickte die ältere Dame, die aus einem dicken Buch einen Text diktierte, mit dem Kopf.

Alles verlief hier relativ ruhig und friedlich. Nur am letzten Schreibtisch geschah ein kleiner Zwischenfall. Dort saß der Junge mit den großen Ohren, der an diesem Morgen verkleinert worden war. Als er verstand, was los war, drohte er dem Mädchen.

„Sag diesem winzigen Würstchen, dass ich ihn zermalmen werde!", sagte er.

Da kam der kleine Käfer aus der Tasche von Majas Kleid heraus und wackelte drohend mit seinen schwarzen Schnurrbarthaaren. Als der Junge ihn sah, wurde er blass und versteckte sich ängstlich unter seinem Schreibtisch.

Der kleine Käfer und das kleine Mädchen hatten keine weiteren Probleme. Die Arbeit war getan und als sie das Schulgebäude verließen, war der Boden des Korbes mit glänzenden Münzen bedeckt.

Die Beiden gingen die Straße entlang und hinter ihnen, aus dem offenen Fenster im ersten Stock, klangen die empörten Rufe der Musiklehrerin:

„Wie ist das möglich! Was für ein Verhalten ist das?!"

Als Beo und Maja die Bäckerei erreichten, war Fräulein Anni noch nicht zurückgekommen.

Das kleine Mädchen stellte den Korb auf dem Holzstuhl und den kleinen Käfer in sein Kästchen auf die Theke.

„Vielen Dank, Maja!", sagte Beo. „Du bist ein gutes Kind.

Geh jetzt nach Hause, weil deine Mutter sicherlich schon besorgt ist."

„Auf Wiedelsehen Käfelchen!"

„Auf Wiedersehen, Maja!"

Das kleine Mädchen nahm die Kaugummis aus der Tasche ihres Kleides, wickelte sie aus, steckte beide gleichzeitig in den Mund und verließ die Bäckerei.

Beo kroch unter der Tür auf die Straße und rief dem Mädchen zu:

„Komm wieder, wenn du nichts Wichtigeres zu tun hast!"

Maja schüttelte ihren blonden Kopf als Antwort und es war nicht klar, ob das ein „Ja", oder ein „Nein" sein sollte. Ab und zu drehte sie sich um und winkte zum Abschied.

Beo gibt eine „Pressekonferenz"

Gerade als das rote Kleid um die Ecke verschwand, kehrte Fräulein Anni zurück. Sie kontrollierte zuerst, ob in der Bäckerei alles in Ordnung war. Als sie die halbleeren Körbe sah, wurde sie unruhig.

„Was hast du wieder getan? Wo ist das Gebäck?", fragte sie.

„Ich verkaufte es.", antwortete Beo.

„Unsinn! Machst du dich lustig über mich?

„Das ist aber wahr!", erklärte er. „Ich habe das Gebäck verkauft. Schau in den Korb auf dem Stuhl!"

Anni sah rasch in den Korb und klatschte in die Hände. Sie konnte ihren Augen nicht glauben. Es war voller Münzen.

„Wie hast du das denn gemacht?", fragte sie.

„Es ist ein Geheimnis..." lächelte das Käferchen, aber Anni sah ihn so fassungslos an, dass es beschloss, ihr die ganze Geschichte zu erzählen.

„Nicht zu glauben! Das hast du gut gemacht.", wurde er von der Verkäuferin gelobt. „Und ich war besorgt, dass ich heute das Gebäck nicht verkaufen kann. Du kriegst eine Belohnung!", lächelte sie und schnitt ein Stück Schokoladentorte ab, die der kleine Käfer mit großem Appetit aß.

Später kamen die Kinder aus der Schule in die Bäckerei. Die Unterrichte waren zu Ende und alle waren begeistert, Beo wiederzusehen und mit ihm zu sprechen.

Um Anni nicht zu stören, nahmen sie ihren kleinen Freund und gingen zum nahegelegenen Park. Dort gab Beo so etwas wie eine Pressekonferenz.

Die Kinder stellten alle möglichen Fragen. Manche wollten wissen ob die kleinen Käfer zur Schule gehen müssen.

Andere interessierten sich, ob in Käferland Neujahr gefeiert wird und ob Weihnachtsbäume geschmückt werden.

Beo antwortete allen bereitwillig.

Es stellte sich heraus, dass er selbst in der zweiten Klasse der Käferschule ist und außerdem ist er auch ein sehr guter Schüler.

Überdies bekommen die kleinen Käfer keine Noten in der Schule. Stattdessen erhalten sie Steinchen. Für jede falsche Antwort kriegen sie ein gewöhnliches Kieselsteinchen und für jede richtige Antwort ein Edelsteinchen.

„Ich habe schon eine Tasche voller diamanten.", rühmte sich Beo.

„Mensch!", rief ein Junge aus „Du bist also so reich, dass du dir ein tolles Auto kaufen kannst! Das neueste Modell von Porsche, zum Beispiel, oder Ferrari..."

„Hm!", das Käferchen zuckte mit den Schultern. „Eigentlich brauche ich kein Auto, weil ich fliegen kann. Aber trotzdem könnte ich eines Tages einen Ferrari kaufen und mit euch spazieren fahren."

„Hurra!", riefen die Kinder begeistert aus.

„Beo, und was wirst du sein, wenn du erwachsen bist? „Ich werde ein König sein!", antwortete er und alle lachten, weil sie dachten, dass er scherzte.

„Und habt ihr in Käferland Computer Spiele?", fragte ein Kind.

„Haben wir keine.", antwortete Beo. „Aber wir haben Magie Hallen, wo wir alle möglichen Zaubereien lernen."

„Meinst du wie heute Morgen, als du den Jungen verkleinert hast?"

„Ja, so aber auch noch vieles andere."

Die Kinder baten ihn, einige Zauberkunststücke zu zeigen.

„Na gut! Schaut zu!"

Beo rieb sich den rechten Schnurrbart und sofort erschien in der Hand jedes Kindes ein riesiges Eis.

„Wow!", wunderten sich die Kinder.

„Dürfen wir von ihm essen?", fragte ein Mädchen.

„Nun, ich weiß nicht, was man sonst noch mit einem Eis machen kann, aber wenn jemand möchte, kann er das Eis nur schauen, es gibt da kein Problem."

Selbstverständlich wollte niemand das Eis nur ansehen, alle fingen an, es fleißig zu essen. Aber wie seltsam! Die Kinder essen und essen, aber das Eis blieb immer gleich groß.

„Meine Mama sagt, dass ich nicht so viel Eis essen soll, weil ich sonst krank werde.", meldete sich ein kleiner Junge.

„Vielleicht hat deine Mutter Recht, wenn es ein gewöhnliches Eis ist. Aber von diesem dürft ihr essen, so viel ihr wollt!", antwortete Beo.

Es dauerte einige Zeit, bevor die Kinder sagten, dass sie genug haben. Alsdann berührte das Käferchen erneut seinen rechten Schnurrbart und das Eis verschwand.

Nachher erzählte er ihnen von all den wunderbaren Sachen in Käferland.

„Es ist aber wirklich sehr interessant bei euch! Wie wünschte ich in euren Reich zu kommen, wenn es möglich wäre!", sagte verträumt ein kraushaariger Junge.

„Ich auch! Ich auch!", schrien die anderen.

„Nichts leichter als das!", lächelte Beo: „Wenn ihr in Schulferien seid, werde ich euch nach Käferland führen. Aber zuerst muss ich euch verkleinern, denn sonst könnt ihr nicht mit mir kommen, nicht wahr?"

„Hurra!", riefen alle aus und sprangen vor Freude.
Ein großes, spannendes Abenteuer erwartete sie!

Nachdem die Kinder ihren neuen Freund wieder zurück in die Bäckerei gebracht hatten, hielten sie sich noch lange in der Nähe auf, diskutierten lebhaft die Details der bevorstehenden Reise.

Der Sommerferien würden in wenigen Tagen beginnen und bis dahin sollte alles vorbereitet sein. Das Schwierigste wäre, ihre Eltern davon zu überzeugen, dass sie auf diese außergewöhnliche Reise gehen durften.

Erst als es spät war und Fräulein Annie schließen sollte, gingen die Kinder nach Häuser zurück.

In dieser Nacht drehten sie sich noch lange in ihren Betten und konnten nicht einschlafen.

Beo zu Gast bei Anni

„Nun, Beo, es ist Zeit, nach Hause zu gehen.", sagte die Verkäuferin.

„Was meinst du? Lädst du mich in dein Haus ein?", fragte der kleine Käfer.

„Warum? Möchtest du nicht mitkommen?"

„Doch! Im Gegenteil! Nur habe ich nicht erwartet, dass du mich in dein Haus einladen wirst. Ich habe gedacht, dass du mich in der Nacht hierlassen wirst, weil ich ja nur ein ganz normales Käferchen bin..."

Anni lächelte und strich seinen glatten schwarzen Rücken.

„Glaubst du wirklich, dass ich dich hier ganz allein lassen kann?", fragte sie.

„Nun, es stimmt, dass du manchmal Unfug treibst, aber du hast in der Tat ein gutes Herz. Außerdem, du kein übliches Käferchen bist. Nicht wahr Eure Hoheit?"

Die Verkäuferin, die eigentlich nicht glaubte, dass Beo ein Prinz war dachte, dass er nur fantasierte und machte eine scherzhafte Verbeugung.

„Komm, verschwenden wir nicht mehr Zeit!", sagte sie.

Dann legte sie vorsichtig das Kästchen mit dem Käfer in ihre Handtasche, sperrte die Bäckerei ab und sie gingen nach Hause.

Es stellte sich heraus, dass Fräulein Anni zur Miete in einem kleinen Dachzimmer wohnte.

Der Vermieter, ein magerer, böser Mann, lebte im ersten

Stock und lauerte immer seinen Mietern auf, um sicher zu sein, dass sie keine Gäste mitbringen. In seinem Haus war das absolut verboten. Und da er eine Menge freie Zeit hatte, ging er den ganzen Tag von Tür zu Tür und lauschte, ob sich jemand ohne sein Wissen in das Haus eingeschlichen hatte.

Deshalb warnte Anni Beo davor, wenn sie sich dem Haus näherten, nicht mehr zu sprechen. Sie sah sich um, bevor sie das Haus betraten. Am Eingang aber war niemand und die Verkäuferin stieg schnell die Treppe empor.

Sie war aber nur bis zur Hälfte der Stufen gekommen, als die Tür im ersten Stock knarrte und hinter ihr die heisere Stimme des Vermieters, Herrn Meyer, erscholl:

„A-ah, guten Tag, Fräulein Anni! Sie haben heute das Gebäck ziemlich früh verkauft. Sehr gut, sehr gut!", kicherte er.

Trotz seines höflichen Tons wusste die Verkäuferin, dass dieser Mann mit durchdringendem Blick und buschigen Augenbrauen in seiner Brust ein kaltes und gefühlloses Herz hatte.

„Guten Tag, Herr Meyer!", begrüßte sie ihn widerwillig und eilte weiter.

„Und keine Fremden, gutes Fräulein! Wissen Sie noch, ja?!", rief der Vermieter ihr nach.

Dann murmelte er: „Wenn alle Mieter Fremde anschleppen, werden sie mein schönes Haus ruinieren!"

„Was für ein schrecklicher Mann!", seufzte Anni, als sie endlich in ihr Zimmer kam und die Tür hinter sich schloss. Sie nahm Beo aus ihrer Handtasche und legte ihn auf den Tisch.

„Herzlich willkommen!", sagte sie im Flüsterton. „Nur

müssen wir leise sprechen, damit der Vermieter uns nicht hört."

„Ich glaube, dass ich noch mit diesem Herrn sprechen muss, aber jede Sache hat ihre Zeit...", antwortete Beo auch flüsternd. Dann sah er sich um.

Die Einrichtung war sehr bescheiden, aber dennoch sauber und gemütlich. Der Tisch war mit einem bestickten Tuch bedeckt und darauf stand eine Vase mit frischen Blumen. Am Fenster hingen schöne Vorhänge und in der Ecke stand ein großer, alter Fernseher.

„Würdest du den Fernseher anmachen?", bat das Käferchen.

„Gut, aber er ist kein Farbfernseher, sondern ein schwarz-weißes, Gerät weil er schon sehr alt ist."

„Macht nichts. Ich sehe gerne fern!"

Anni drückte einen Knopf und nach einer Weile begann der Fernseher zu arbeiten. Es gab ein Kinderfilm und Beo schaute zu. „Anni, lebst du alleine hier?", fragte er nach einer Weile.

„Ja, ich wohne hier alleine."

„Bist du wirklich ganz alleine? Hast du keinen Verlobten oder Freund?"

„Nein, Beo, ich habe niemanden."

„Und hast du nie daran gedacht, einen guten Mann zu heiraten und diesen Ort zu verlassen?"

Die Verkäuferin lächelte ein wenig traurig und seufzte:

„Ah, was soll ich sagen? Nicht dass ich nicht will, aber wie du selbst bemerkst, bin ich ein dickes Fräulein und leider mag niemand dicke Fräulein..."

„Das ist nicht wahr!", widersprach der kleine Käfer. "Ich mag dich!"

Anni schüttelte nur den Kopf und fing an, das Abendessen zu machen.

„Ich bin schon immer rund gewesen, sogar als ich ein kleines Mädchen war.", sagte sie, während sie eine Kartoffel schälte. „Ich habe allerlei Diäten probiert, umsonst..."

„Weißt du, was eigentlich mein Traum ist?", lächelte sie nach einer Weile.

„Ich träume davon, ein kleines Haus zu besitzen, mit einem kleinen Laden nebenan, wo ich mein Gebäck verkaufen kann. Und von einem geheimnisvollen Verehrer, der abends unter meinem Fenster für mich die Geige spielt. Ah!", seufzte sie. „Ich würde so glücklich sein, wenn das möglich wäre!"

Beo war zu Tränen gerührt.

In diesem Moment, hätte er, wenn das möglich gewesen wäre, Anni umarmt, um sie zu trösten. Aber sie war wirklich zu groß und es war zu klein, um sie umarmen zu können. Nach dem Abendessen, räumte die Verkäuferin den Tisch weg und sagte:

„Mich dünkt, mein Junge, es ist Zeit, dass du nach Hause gehst! Deine Eltern machen sich bestimmt Sorgen um dich!"

„Ich habe ihnen aber, bevor ich wegging, einen Zettel dagelassen! Also keine Sorge! Bitte, lass mich, noch einige Tage bei dir bleiben! Hier ist es so interessant und so ganz anders als bei uns! Ich verspreche, keinen Unfug mehr zu treiben!"

Anni dachte ein wenig nach.

„Ehrlich gesagt, ich möchte, dass du noch eine Weile bei mir bleibst. Ich werde dann nicht so alleine sein. Aber ich denke doch, dass du einen Brief an deine Eltern schreiben solltest, damit sie wissen, dass alles in Ordnung ist und es dir gut geht!"

„Gut! Das werde ich machen!", stimmte Beo zu. „Aber ich würde Blaubeersaft benötigen. Wir verwenden es statt Tinte."

Zum Glück hatte die Verkäuferin Blaubeersaft. Sie goss ein bisschen in ein Schälchen und gab dem Käferchen ein Stück Papier, das sie aus einem alten Heft herausriss.

Beo tauchte einen seiner Füße in den Blaubeersaft und begann zu schreiben.

Als es fertig war, las er den Brief Anni vor:

„Meine liebe Mutter, liebe Vater, Eure Hoheiten,
Ich möchte mit diesen wenigen Zeilen mitteilen, dass es mir, seiner Hoheit Beo III., gut geht.

Zurzeit lebe ich bei einem sehr freundlichen und gütigen Fräulein. Sie heißt Anni. Ich habe vor, noch einige Tage bei ihr zu bleiben. Dann werde ich zurück nach Hause kommen.

Verzeihen Sie mir bitte, dass ich das Reich ohne Eure Zustimmung verlassen habe! Es gibt aber Dinge, die ein Prinz unbedingt kennenlernen muss.

Ich glaube, dass es für mich, als dem zukünftigen Herrscher des Käferlandes, sehr wichtig ist, die Welt der Menschen zu kennen.

Euer Euch liebender Sohn, Beo!"

Der kleine Käfer seufzte zufrieden und wandte sich Anni zu: „Ich glaube, dass das reicht. Was meinst du?"

„Nicht schlecht. Jetzt müssen wir nur den Brief abschicken.", antwortete sie.

„Ich werde ihn morgen zum Fuße des Hügels wegbringen. Dort lebt ein alter Käfer, der der Briefträger unseres Königreichs ist."

„Wenn du willst, kann ich das für dich machen", schlug Anni vor. „Du wirst mir erklären, wo ich diesen Briefträger finden kann und tue ich das."

„Nein, nein!", sagte Beo. „Du musst morgen früh die Bäckerei öffnen und du hast dafür keine Zeit. Während es für mich ganz einfach ist, dorthin zu fliegen."

Die beiden redeten noch lange an diesem Abend über dies und das, bevor sie einschliefen. Natürlich redeten sie leise, damit der Vermieter sie nicht hörte.

Zum Schluss wünschten sie sich "Gute Nacht!", und Tante Anni löschte das Licht.

„Beo, weißt du was?", raunte die Verkäuferin in der Stille. "Ich glaube, dass ich dich sehr vermissen werde, wenn du weg gehst..." Ihre Stimme klang traurig.

„Man weiß nie.", flüsterte das Käferchen in der Dunkelheit. „Es ist möglich, dass du mich nicht so sehr vermissen wirst...wir schauen das. Ich muss noch ein paar Dinge hier erledigen."

Beo trägt die Post aus

Am nächsten Morgen ging die Verkäuferin zur Arbeit, und Beo flog zum Hügel, der sich außerhalb der Stadt befand.

Der kleine Käfer beabsichtigte bald, zurück zu Fräulein Anni zu fliegen, sobald er den Brief bei dem Briefträger des Königreichs abgegeben hatte.

Leider geschehen die Dinge nicht immer so, wie wir es gerne möchten. Als es nämlich das Haus des Briefträgers erreichte und an die Türe klopfte, hörte er aus dem Haus einen Husten und eine heisere Stimme sagte: „Komm herein, bitte! Die Tür ist nicht abgeschlossen!"

Der kleine Käfer blickte sich in den Raum um und sah den alten Käfer, mit einem Blatt vom wilden Krokus auf der Stirn in seinem Bett liegen. Im Käferland wurden die Blätter des wilden Krokus genutzt, um Fieber zu senken.

„Guten Tag, Herr Briefträger! Was ist los? Sind Sie krank?", fragte Beo besorgt und näherte sich.

„Guten Tag, mein Junge! Ich habe Grippe." antwortete der alte Käfer und hustete wieder. „Der Arzt ist gerade gegangen und er sagte mir, dass ich heute im Bett bleiben soll und nicht aufstehen darf. Ich soll auch diese Holunder Tropfen nehmen und Pfefferminztee trinken."

„Kann ich etwas für Sie tun?"

„Nun, da du schon einmal hier bist, könntest du, bitte, einen Pfefferminztee für mich machen?"

„Aber natürlich!

„Eigentlich habe ich einen Brief gebracht", sagte Beo, während er den Tee machte.

„Ah, es tut mir sehr leid, aber heute bekommt niemand seine Post!", seufzte der alte Käfer sorgenvoll. „Alle werden umsonst warten. Und einige Briefe sind vielleicht sogar sehr wichtig! Zum Donnerwetter diese Grippe! Nein! Ein Briefträger kann es sich nicht leisten, krank zu sein! Ich muss versuchen aufzustehen!"

„Bitte nein, Herr Briefträger!", widersprach Beo. " Sie sind wirklich krank und wenn Sie nicht wie vom Arzt verordnet im Bett bleiben, kann es noch schlimmer werden.

Übrigens, ich habe eine Idee. Was würden Sie sagen, wenn ich heute die Post austrage?"

„Aber du kennst nicht die Adressen. Wie wirst du damit zurechtkommen?"

„Ich kann es zumindest versuchen.", antwortete der kleine Käfer.

„Ah, ich weiß nicht. Ob wir das wirklich tun können?", zögerte der kranke Briefträger. „Aber warum schließlich nicht? Versuchen wir es!", gab er nach. „Dort, in der obersten Schublade des Schranks, habe ich eine alte Karte, wo alle Adressen aufgeschrieben sind. Nimm sie. Ich habe sie schon lange nicht mehr gebraucht, aber sie wird dir helfen. Und auf der Kleiderablage hinter der Tür, wirst du die Tasche mit den Briefen finden, die du austragen sollst."

Beo nahm die Karte und die Tasche und ging zur Tür.

„Warte mal!", hielt der alte Käfer ihn zurück. „Du hast mir deinen Namen nicht gesagt."

„Mein Name ist Beo."

Der alte Käfer starrte auf ihn.

„Du erinnerst mich an jemanden, aber an wen...? Kannst du mir, bitte, deinen Nachnamen sagen!"

„Entschuldigung, aber ich muss jetzt gehen, andernfalls

werde ich mich verspäten." sagte der kleine Käfer schnell und flog ohne weitere Verzögerung davon.

Der Briefträger blieb mit offenem Mund vor Erstaunen zurück.

„Zum Teufel, wenn das nicht der Prinz selbst war!", schaffte er es endlich zu flüstern.

Beo flog den ganzen Tag durch das Käferland hin und her, von Zeit zu Zeit konsultierte er die Karte. Manche Käfer lebten auf den Bäumen und andere lebten unter die Erde, deshalb musste er aufpassen, um nicht die Adresse von jemandem zu verpassen.

Erst gegen Abend kamen auch die letzten Briefe zu ihren Empfängern. Am Boden der Tasche blieb nur ein Briefumschlag und das war der Brief an seine Eltern.

Beo hatte ihn absichtlich bis zuletzt gelassen. Er wollte sicher sein, dass niemand ihn erkennen würde, deshalb wartete er, bis es dunkel genug war, erst dann flog er zum königlichen Palast.

Das Schloss war in einer Höhle und aus Edelsteinen errichtet. Es glänzte schwach im Dämmerlicht, aber Beo wusste, dass die königlichen Fackelträger bald zahlreiche Lichter anzünden würden und der Palast in seinem ganzen Prunk erstrahlen würde.

Deshalb beeilte es sich, sich einem der Soldaten, die am Eingang Wache standen, zu nähern.

„Ich bringe wichtige Nachrichten für Seine Majestät mit!", sagte er mit gedämpfter Stimme und versuchte, sein Gesicht im Schatten zu halten.

Der Soldat nahm den Briefumschlag und ging, um ihn

seinem Vorgesetzten zu übergeben. Beo nutzte diese Zeit, um sich hinter einem Felsen zu verstecken und wartete.

Als der Hauptmann der Wache sah, wer der Absender des Briefes war, stürzte er in den Palast und rief: "Eure Majestät, eure Majestät, eine Nachricht ist von Seiner Hoheit dem Prinzen gekommen!"

Das Tor der königlichen Gemächer öffnete sich fast sofort und der König und Ihre Majestät, die Königin, kamen so

schnell sie konnten nach draußen.

Beo sah, wie seine Mutter ihre Hand auf die Brust legte, während sie den Brief las.

Die majestätische Gestalt seines Vaters war verschwunden und er hat sich in den wenigen Tagen in einen gebückten alten Mann gewandelt.

Das Käferchen wurde traurig. Es hatte sich nicht vorstellen können, dass seine Eltern sich wegen seiner Abreise, so viele Sorgen machen würden. Es wollte sofort zu ihnen gehen und um Vergebung bitten, aber es tat es dann doch nicht, weil er ihnen zeigen wollte, dass ihr Sohn schon erwachsen geworden ist und alleine im Leben zurechtkommen kann.

In Käferland in der zweiten Klasse zu sein, bedeutete, dass man schon älter ist und man sich auf dich verlassen kann. Nach der zweiten Klasse gab es noch eine, die dritte Klasse, die die letzte war. Die Schüler, die die Ausbildung beendeten, bekamen ein Diplom und begannen ihre Häuser zu bauen.

Die schwächeren Schüler, wie bereits erwähnt, bauten ihre Häuser aus einfachen Kieselsteinen. So wussten alle, dass man ihnen nicht zu komplizierte Aufgaben geben konnte, die ein großes Wissen erforderten. Sie befassten sich mit eher einfacheren Aufgaben und wurden dadurch in keiner Weise benachteiligt, weil sie verstanden, dass dies so richtig ist.

Andererseits mussten die guten Schüler, die ihre Häuser aus Edelsteinen bauten, mit schwierigen Aufgaben zurechtkommen. Sie waren deshalb aber auch nicht böse darüber, weil sie verstanden, dass dies so sein musste.

Die Abenddämmerung hatte schon die Bäume im Park umarmt, als Beo an die Tür des alten Briefträgers klopfte. Der Briefträger, der sich offenbar besser fühlte, öffnete ihm.

„Gott Sei Dank!", seufzte er erleichtert auf, als er den kleinen Käfer sah. „Ich habe mir den ganzen Tag Sorgen um Eure Hoheit gemacht! Wenn Euch nun etwas Schlimmes geschehen wäre, hätte ich es mir nie verzeihen sollen.

Übrigens, darf ich Euch fragen, was der Zweck Eures Besuchs in meinem bescheidenen Heim war?"

Beo bedachte sich eine Weile, dann erzählte er von seiner Flucht aus dem Palast und seinen Abenteuern in der Welt der Menschen.

„Aber warum hat Eure Hoheit ein solches Wagnis auf sich genommen?", wunderte sich der Briefträger. „Es ist für Niemand ein Geheimnis, dass es für uns in der Welt der Menschen nicht ungefährlich ist..."

„Ich möchte ein würdiger Herrscher des Königreichs werden.", antwortete Beo und fügte hinzu: „Ich sage nicht, dass mein Vater nicht ein guter König ist, aber er kennt nur Käferland, und ich will mehr über die Welt wissen. Ich glaube, wir können viel von den Menschen lernen, und auch sie von uns, natürlich, aber das ist ein Thema für ein anderes Gespräch.", lachte er.

„In diesem Fall, kann ich Eure Hoheit nur Erfolg wünschen!", sagte der alte Käfer. „Und vielen Dank für alles, was Sie heute für mich getan haben!"

„Gerne geschehen!", sagte der Prinz und fügte hinzu: "Bevor ich weg gehe, möchte ich Sie um etwas bitten. Eigentlich um zwei Dinge.

Die erste ist, wenn Sie vollständig geheilt sind, den Palast zu besuchen und meinen Eltern sagen, dass Sie mich gesehen haben und dass es mir gut geht und ich bald zu ihnen zurückkommen werde.

Die zweite ist, wenn wir allein sind, mich nicht "Eure Hoheit" zu nennen. Bitte, nennen Sie mich einfach Beo!"

„Aber, Eure Hoheit, das...das kann ich nicht machen!", stammelte der Briefträger verwirrt.

„Bitte!", bestand der junge Prinz auf seinem Wunsch. „Ich möchte, dass Sie mein Freund sein, nicht nur mein Untertan!"

Der alte Käfer umarmte ihn väterlich und sagte: „Na gut, Euer Hoh...na, gut Beo!" Dann reichte er ihm ein Paket.

„Ich habe für Sie etwas zum Essen vorbereitet. Nichts Besonderes, aber ist es immer doch Nahrung."

Beo bedankte sich.

„Ich habe den ganzen Tag nichts gegessen.", sagte er. „Und jetzt muss ich gehen, weil ich der Fräulein Anni versprochen habe, dass ich schnell zurückkommen werde. Es ist schon ziemlich spät und ein langer Weg wartet auf mich."

Der alte Briefträger umarmte Beo wieder.

„Viel Glück!", sagte er.

Der kleine Käfer flog über die Bäume, so schnell er konnte. Aber die Dinge geschahen auch an diesem Abend nicht, wie er es vorgesehen hatte.

Beo lernt einen Obdachlosen kennen

Beo war fast bis zum Ende des großen Parks, als der Klang einer Geige zwischen den Bäumen ihn erreichte. Er setzte sich auf einen dünnen Ast und lauschte.

Die Melodie war sehr schön, aber so traurig...Als ob jemand sagen wollte, wie einsam sein Herz ist.

Der kleine Käfer flog in der Nähe des Kopfes des mitternächtlichen Musikanten. Es hörte fasziniert die sanften Töne der Violine und dachte an seine Eltern, die er an diesem Abend nicht hätte umarmen können... Zwei Tränen rannen langsam aus seinen Augen.

Als der Unbekannte sein Spiel beendete, legte er sorgfältig seine Geige in einen alten, rissigen Geigenkasten.

„Ah, Maestro!", konnte sich Beo nun nicht länger Beherrschen, „Sie spielen so schön!"

Der Fremde stand auf und starrte in die Dunkelheit.

„Gibt es hier jemand?", fragte er.

„Haben Sie keine Angst vor mir!", sagte Beo. „Ich bin nur ein kleiner Käfer. Vielleicht stört es Sie der Fakt, dass ich spreche, aber ansonsten bin ich völlig harmlos."

Der Mond hing über den Baumkronen wie eine große, gelbe Laterne und in seinem schwachen Licht gelang es dem Unbekannten kaum, das Käferchen zu erkennen.

„Träume ich oder sind Sie ein sprechender Käfer?!"

„Schauen wir mal!", kratzte sich Beo am Kopf. „Zunächst einmal schlafen Sie nicht, so dass Sie auch nicht träumen können.

"Schauen wir mal!", kratzte sich Beo am Kopf. "Zunächst einmal schlafen Sie nicht, so dass Sie auch nicht träumen können. Zweitens, bin ich ein Käfer und rede mit Ihnen, also offensichtlich bin ich ein sprechender Käfer. Und drittens, hören Sie bitte auf, mich so an zu starren! Glauben Sie mir, es ist nicht so nett, wenn jemand Sie auf diese Art und Weise anschaut..."

"Ach, ja! Entschuldigen Sie bitte! Wie taktlos von mir!", sagte der Geiger, der eigentlich ein sehr höflicher und gut erzogener Herr war.

"Ich verstehe Ihre Überraschung", lächelte Beo, "aber wissen Sie, für uns, die Käfer, ist das Sprechen genauso natürlich, wie es für euch, die Menschen ist. Ich selbst, zum Beispiel, bin ein großer Schwätzer, und wenn ich es jetzt nicht eilig hätte nach Hause zu kommen, würde ich noch ein bisschen bleiben, um mit Ihnen zu reden. Aber Sie hatten auch vor nach Hause zu gehen, oder?"

Der Fremde sah sich um.

„In Wirklichkeit hatte ich die Absicht, hier zu übernachten...", meinte er verwirrt.

„Hier?! Wollen Sie wirklich im Park übernachten?!" Beo traute seinen Ohren nicht.

„Ich bin daran gewöhnt." meinte der Musiker und zuckte die Schultern. „Außerdem schaue ich gerne in die Sterne.", fügte er hinzu.

„Aber warum, Maestro? Haben Sie kein Heim? Einen warmen und sicheren Ort, wo Sie Unterschlupf finden? Ich finde es nicht gut, dass ein ehrenwerter Herr wie Sie im Park unter freiem Himmel die Nacht verbringt."

Der Geiger senkte den Kopf.

„Ich hatte einmal ein Haus.", sagte er. „Jetzt habe ich es nicht mehr..."

Der Käfer bewegte sich unruhig auf dem Ast.

„Wollen Sie es mir erzählen?", fragte er leise.

Der Fremde seufzte und begann seine traurige Geschichte zu erzählen. „Als ich jung war, war ich glücklich und unbeschwert. Ich hatte ein schönes Haus mit Garten.

Am Morgen begrüßte ich, zusammen mit den Vögeln, den Sonnenaufgang und am Abend genoss ich den Sonnenuntergang.

Ich war nicht reich, aber ich hatte gute Freunde und mit meiner Geige verdiente ich genug. Das waren gute Zeiten..."

Er machte eine Pause, in seinen Erinnerungen versunken, dann fuhr er fort: "Eines Tages, dachte ich mir, es wäre gut, wenn mein Haus auch eine Hausherrin hätte. Anders gesagt, beschloss ich zu heiraten. Gesagt, getan.

Zu dieser Zeit glaubte ich, dass das Wichtigste in einem

Fräulein ihre äußere Schönheit ist. Deshalb fand ich eine Schöne und heiratete sie. Ich sagte mir: "Nun, jetzt habe ich alles! Mit solch einer Frau, werde ich der glücklichste Mensch der Welt sein!"

Oh, mein Freund! Wie ich mich irrte!", bemerkte der Unbekannte bitter. „Es stellte sich heraus, dass meine Frau keine Lust auf egal welche Hausarbeit hatte. Nicht nur das, aber sie war böse und streitsüchtig. Alles zu Hause machte ich. Ich kochte, bügelte, wusch und flickte die Socken, wenn das notwendig war. Trotzdem war sie immer unzufrieden und wütend.

Und weil mir nur wenig Zeit blieb, um die Geige zu spielen, konnte ich nicht viel verdienen. Es gab schon keinen Platz mehr im Haus für all ihre Klamotten, Schuhe und Schmuck, aber sie kaufte immer mehr.

Sie sagte mir oft, dass ich eine absolute Null bin, weil ich nicht eine Menge Geld verdienen kann.

Eines Tages konnte ich es nicht mehr aushalten, nahm die Geige und meinen Mantel und verließ mein Haus für immer."

Er verstummt.

„Verzeihen Sie mir, bitte, Maestro, aber ich verstehe es nicht. Warum haben Sie Ihr Haus verlassen, anstatt diese Frau davon rauszuschmeißen?"

„Ich kann sie nicht hinausschmeißen", seufzte der Unbekannte. "Ich bin ein ruhiger Mann, und Sie haben keine Ahnung, wie böse sie werden kann, wenn sie wütend ist. Sie schrie so laut, dass alle Nachbarn es hörten.

Zudem bin ich allein. Wenn ich eine Familie hätte, würde

ich sicherlich ein Haus brauchen. Aber da ich eine Familie nie haben werde, also..."

„Aber warum nie?", unterbrach ihn das Käferchen.

„Weil ich nicht mehr glaube, dass ich eine für mich passende Frau finden kann, die mich lieben könnte."

„Meinen Sie?"

Beo dachte nach. Dann fragte er:

„Und was für Eigenschaften muss eine Dame besitzen, um zu Ihnen zu passen?"

„Nun...es wäre gut, wenn sie ein gutes Herz hat."

„Ja, und was noch?"

„Ich würde mich freuen, wenn sie Kinder mag. Und die Musik auch. Meine Frau sagte, dass sie keine Zeit hat, sich mit rotznäsigen Kindern zu beschäftigen. Und wenn ich auf meiner Geige spielte, wurde sie gerade wütend. Sie bewarf mich mit allen Dingen, die sie gerade in der Hand hatte."

„Zum Donnerwetter! Maestro, sind Sie sicher, dass sie eine Frau und nicht ein Drachen war? Ich könnte wetten, dass ihre Nasenlöcher manchmal Flammen speien. Hm, ich muss eines Tages diese Dame bestimmt besuchen. Sehen wir mal, ob sie sich nicht bändigen lässt..."

Beo bewegte drohend seine Schnurrbarthaare.

„Aber jetzt haben wir etwas anderes zu tun. Übrigens, darf ich Ihren Namen wissen?", fragte er.

„Aber natürlich! Ich bin Herr Friedensreich."

Der Musiker zog seinen Hut respektvoll. „Und mit wem habe ich die Ehre zu sprechen?", fragte er.

„Sehr angenehm! Mein Name ist Beo der Dritte. Ich bin der einzige Sohn seiner Majestät Käferung des Sechsten, der

König des Käferreichs."

„Oh, mein Gott!", rief erstaunt der Maestro. „Heute Abend scheinen die Wunder, kein Ende zu nehmen! Eure Hoheit!", verbeugte er sich wie die Hofetikette bestimmt.

„Für mich ist eine Ehre!"

„Für mich auch. Und jetzt sagen Sie mir bitte, Herr Friedensreich, würde Ihnen eine Frau gefallen, die die von Ihnen erwähnten Eigenschaften besitzt, aber ein bisschen mollig ist?"

„Kennen Sie eine solche Dame?", hob der Maestro misstrauisch die Augenbrauen?

„Nehmen wir an, dass ich eine solche Dame kenne..."

„Und Sie sagen, dass sie ein gutes Herz hat?"

„Sie hat bestimmt ein goldenes Herz!"

Der Geiger sagte lächelnd: „Eure Hoheit, jetzt weiß ich, dass es auf dieser Welt nichts Schöneres gibt, als ein Fräulein mit einem goldenen Herz. Es macht nichts, ob sie mollig oder mager ist.

„In diesem Fall, kommen Sie mir bitte nach! Ich möchte Ihnen eine Person vorstellen.", sagte Beo.

„Meinen Sie die Dame, von der Sie gesprochen haben?"

„Eigentlich ich meine damit, eine kleine nächtliche Serenade unter dem Fenster von jemandem. Gehen wir!"

„Aber glauben Sie, dass Ihrer Freundin meine Musik gefallen wird?"

„Mein Freund, wenn es etwas gibt, das diese junge Dame glücklich machen kann, dann ist es der Klang Ihrer Violine unter ihrem Fenster.", lächelte Beo.

„Glauben Sie mir", fügte er hinzu, das Zögern des

Maestros sehend. „Ich weiß, was ich sage! Kommen Sie, verlieren wir keine Zeit. Glauben Sie mir bitte!"

Eine Mitternachtsserenade

Es war fast Mitternacht, als sie ankamen. Das Haus war dunkel und ruhig. Offenbar schliefen schon alle.

Der kleine Käfer zeigte seinem neuen Freund, welches Fenster der Verkäuferin gehörte, und sagte ihm, er solle nicht auf seiner Geige spielen, bis er sehe, dass das Fenster beleuchtet sei.

Dann machte er sich auf den Weg zum Dachzimmer von Anni.

Die Verkäuferin wartete den ganzen Tag auf ihn und fragte sich, wann er wiederkommen würde.

Die Schulkinder kamen mehrmals, um nach ihm zu fragen, aber sie zuckte mit einem Seufzer mit den Schultern und antwortete: „Er ist noch nicht zurückgekommen, Kinder und ich weiß nicht wann er kommen wird."

Obwohl sie dieses Mal das Gebäck früher verkauft hatte, eilte Anni nicht damit die Bäckerei zu schließen. Sie hoffte, dass Beo jeden Augenblick mit seinem breiten Lächeln um die Ecke erscheinen würde.

Sie kam erst in der Abenddämmerung nach Hause.

Als sie ihr Zimmer betrat, setzte sie sich ans Fenster und blieb dort lange sitzen, in der Hoffnung, Beo käme nun bald.

Doch die Zeit verging, und schließlich wurde ihr klar, dass es keinen Sinn hatte, noch länger zu warten.

„Vielleicht überlegt er es sich und beschließt, doch nicht mehr zurückzukehren...", dachte sie. „Hoffentlich ist ihm nichts Schlimmes passiert!"

Anni wurde traurig. Sie hatte sich an seine Anwesenheit gewöhnt und jetzt, wo er fort war, fühlte sie sich noch einsamer als früher.

An diesem Abend ging die Verkäuferin zum ersten Mal seit langer Zeit ohne Abendbrot ins Bett. Sie war so traurig, dass sie keinen Appetit hatte.

Als sie endlich einschlief, träumte sie davon, dass der Vermieter an die Tür klopft und darauf besteht, dass sie ihre Siebensachen packt und sofort auszieht, weil er sich entschieden hat, in ihr Zimmer einzuziehen. Sie wollte ihn nicht einlassen, aber er klopfte weiter.

Die Verkäuferin wachte auf und begriff, dass jemand wirklich leise, aber eindringlich an die Tür klopfte.

„Wer ist da?", fragte sie bange.

„Anni, ich bin's!", erkannte sie die schwache Stimme von Beo und sie beeilte sich, die Tür zu öffnen. Sie nahm ihn in die Hand und streichelte seinen glatten Rücken.

„Mein Kleiner!", sagte sie fröhlich. „Du bist du ja endlich wieder da! Ich habe schon gedacht, dass ich dich nie wieder sehe...Ich freue mich, dass du wieder bei mir
bist! Aber was ist passiert?

Wo bist du denn so lange geblieben?"

Beo wurde von Mitleid mit der Verkäuferin erfasst. Er berührte ihre mollige Wange und sagte: "Ich war wirklich ungeduldig zu dir zurückzukommen, aber der Briefträger hatte eine schlimme Erkältung und musste im Bett bleiben und ich musste die Post austragen.

Später, als ich hierher flog, lernte ich einen obdachlosen Musiker kennen. Der Mann war sehr traurig, also versuchte ich ihn zu trösten. Du verstehest mich, nicht wahr?"

„Ich verstehe, dass du ein gutes Herz hast!", lächelte Anni.

„Aber warum stehen wir im Dunkeln?" Sie setzte den kleinen Käfer auf den Tisch und machte die Lampe an.

„So ist es besser. Hast du Hunger?", fragte sie.

„Wahrscheinlich hast du heute noch nichts gegessen..."

„Mach dir keine Sorgen", antwortete Beo. „Herr Briefträger hat für mich Sandwiches zubereitet."

In diesem Moment ertönten die Klänge einer Geige.

„Was ist denn aber das?", lauschte Anni. „Ich denke, dass dies eine Serenade ist...

„Warum öffnest du nicht das Fenster?"

„Ah, nein, nein. Wenn das eine Serenade ist, ist es nicht für mich..."

„Bist du sicher?", schmunzelte der kleine Käfer.

„Ganz sicher! Wer wird für mich eine Serenade spielen?"

„Es kann ein heimlicher Verehrer sein..."

„Ha, ha, ha!", brach die Verkäuferin in Lachen aus. „Das war gut! Ein heimlicher Verehrer! Ha, ha, ha!"

„Na also gut!", sagte das Käferchen „Zeig dich am Fenster, wir werden ja dann sehen. Wenn der Herr, der unten spielt, seinen Hut zum Gruß zieht, dann spielt er für dich."

Anni willigte ein, nur damit Beo Ruhe gab. Aber wie groß war ihre Überraschung, als der Mann unten seinen Hut zog

und eine höfliche Verbeugung machte.

„Ich glaube es nicht!", klatschte sie in die Hände. „Dieser Herr begrüßt mich!"

„Hast du gesehen? Ich habe es dir gesagt, dass du einen heimlichen Verehrer hast!", drehte sich das Käferchen fröhlich auf der Ferse.

Die Verkäuferin funkelte ihn ungläubig an.

„Sag mal, ist das wieder eines deiner Spielchen?"

„Kein Spielchen, Anni. Der Mann mag dich einfach und das ist alles. Komm, nimm jetzt eine Blume aus der Vase und wirf sie. Ich habe dies in den Filmen gesehen."

Aus Aufregung wurde die Verkäuferin rot wie eine Pfingstrose. Sie nahm eine Margerite und warf sie dem Maestro zu, der die Blume fing und sie näher an seine Brust brachte.

„Ah!" seufzte die Verkäuferin. „Was für ein netter Kerl!"

Dann stützte sie sich gegen die Fensterbank und blieb lange Zeit fasziniert durch die schönen Klänge der Violine stehen.

Später, als sie ins Bett ging und einschlief, ging das Käferchen zum Maestro Friedensreich hinunter.

„Also, was für einen Eindruck haben Sie von meiner Freundin?", fragte er.

„Nun, sie sieht wie eine sehr nette Dame aus. Ich würde mich freuen, sie wieder zu sehen…", antwortete der Maestro schüchtern.

„Sehr gut!", freute sich Beo. „Dann ist alles in Ordnung. Ich zeige Ihnen jetzt die Bäckerei, wo das Fräulein arbeitet und morgen können Sie dorthin gehen und ich werde Sie vorstellen."

„Ehrlich gesagt, Eure Hoheit, weiß ich nicht. Was, wenn sie mich nicht mag?" Der Mann fuhr sich zaghaft mit der Hand durch die Haare.

„Ach, Maestro, nicht so unentschlossen! Sie mag Sie. Sie sagte sogar schon, dass Sie ein sehr netter Herr sind."

„Wirklich?! Hat sie das gesagt?" Herr Friedensreich drückte aufgeregt seinen Hut in den Händen.

„Ah!" sagte er, „Ich wünschte, der Morgen würde so schnell wie möglich kommen! Eure Hoheit, zeigen Sie mir, bitte, wo die Bäckerei ist! Morgen früh werde ich dort sein!"

Beo und Maja wieder als Verkäufer

Am nächsten Tag gingen Beo und Anni zusammen in die Bäckerei. Es war ein wunderbarer Morgen. Es dufteten die Blumen und die Vögel sangen, als ob sie wetteifern, ihre besten Lieder zu singen.

Die Verkäuferin lächelte mehr denn je. Sie summte fröhlich und schaute oft in ihren kleinen Taschenspiegel.

Aber das Käferchen war unruhig. Er hatte nichts über den bevorstehenden Besuch des Maestros gesagt, aber er war sicher, dass Anni nach der gestrigen Serenade, dass der geheimnisvolle Geiger wieder erscheinen würde.

„Herr Friedensreich ist aber ein so schüchterner Herr, was wenn er sich nicht in die Bäckerei traut?", dachte Beo besorgt. "Das arme Fräulein Anni wäre so sehr enttäuscht…"

Endlich jedoch sah er den Maestro durch das Fenster der Bäckerei. Er hielt seine Violine in der einen Hand und einen großen Blumenstrauß in der anderen.

„Oh, schau mal, wer zu uns kommt so früh am Morgen…", zwinkerte Beo verschmitzt der Bäckerin zu und grüßte den Geiger, als er hereinkam.

"Guten Morgen, Maestro! Kommen Sie, bitte hier! Ich möchte Ihnen meine Freundin Anni vorstellen!"

Der Mann näherte sich und mit einer galanten Geste überreichte er die Blumen an die Verkäuferin. "Liebe Fräulein, ich freue mich, Sie kennenzulernen! Mein Name ist Johann Friedensreich."

„Danke! Ich freue mich auch! Ich heiße Anna Lechner."

Die Verkäuferin nahm den Strauß und wurde rot, wie ein kleines Mädchen.

„Darf ich Sie, an diesem schönen Morgen, zu einem kleinen Spaziergang einladen?", fragte der Maestro.

„Ich würde gerne mit Ihnen kommen, aber ich kann leider nicht."

„Unsinn!", runzelte das Käferchen die Stirn. „Natürlich kannst du gehen!"

„Aber was wird aus meinem Gebäck?" Anni blickte ihn hilflos an.

„Mach dir keine Sorgen! Ich werde alles verkaufen!", sagte Beo. „Du weißt, dass ich damit zurechtkomme...", lächelte er.

Ohne weitere Verzögerung zog die Verkäuferin ihre Schürze aus, warf einen letzten Blick in ihren kleinen Taschenspiegel und ging mit dem Maestro hinaus.

„Viel Glück!", flüsterte das Käferchen Anni zu, bevor sie die Tür nach sich schloss.

Es kroch auf die Straße und sah ihnen nach, bis sie sich entfernen. Dann lächelte es, die Achseln zuckend: „Liebe...Wer weiß was die Liebe ist? Wenn ich mir diese beiden anschaue, denke ich, dass Liebe etwas ist, das die Menschen ein bisschen dumm aussehen lässt."

Beo sah sich um. Es musste etwas finden, was es mit dem Gebäck tun sollte. Wenn seine kleine Freundin Maja hier wäre, dann könnte es alles einfacher sein. Gerade in diesem Moment sah er vor seinen erstaunten Augen eine kleine Figur, die ein kurzes rotes Kleid trug und ein bekanntes Stimmchen sagte zu ihm:

"Hallo Käfelchen!"

„Hallo, Maja! Was für eine Überraschung! Ich freue mich, dich zu sehen!"

„Du hast mil gesagt zu kommen, wenn ich keine wichtigeles zu tun habe. Nun, ich bin da.

„Das ist ja eine richtige Telepathie!"

Maja neigte den blonden Kopf beiseite und fragte:

„Was ist das Lelepathie?"

„Man nennt es Telepathie und es bedeutet, die Gedanken des anderen zu erraten. Ich dachte gerade über dich nach und

da bist du schon."

„Ich wülde noch gesten kommen, jedoch eine meinel Cousinen bei mil zu Besuch wal."

„Ich verstehe.", nickte das Käferchen. „Du warst damit beschäftigt. Möchtest du einen Kaugummi?"

„Na ja."

„Komm dann herein.

Maja ging in die Bäckerei, nahm einen Kaugummi

verpackt in rosa Papier und setzte sich auf den alten hölzernen Stuhl.

„Tlägen wir kein Gebäck aus heute?", fragte sie und schüttelte ihre Beine, die über dem Boden hingen.

„Nein, wir werden dieses Mal hierbleiben und du wirst heute die Verkäuferin sein. Bist du einverstanden?"

„Und wo ist die Flau, die hiel abeitet?"

„Nun...sie hat heute eine wichtigere Aufgabe."

„Vielleicht ist eine Cousine von ihl zu Besuch?"

„Etwas Ähnliches...", lächelte das Käferchen. „Also, möchtest du heute Verkäuferin sein?"

„Geene!"

„Wunderbar! Hör gut zu, was du tun sollst! Wenn ein Kunde kommt, sollst du ihn höflich begrüßen und ihn fragen, was er kaufen möchte. Du gibst ihm dann das Gebäck und nimmst die Münzen. Dann solltest du ihm „Auf Wiedersehen" und „Schönen Tag!" wünschen. Hast du alles verstanden?"

„Ja, ich habe vestanden."

Nach einer Weile kam eine ältere Dame in die Bäckerei, die einen großen, lustigen Hut mit künstlichen Blumen trug.

"Guten Tag, meine Kleine! Ist die Verkäuferin da?", fragte sie.

„Guten Tag! Ich bin eine Velkäufelin. Was wünschen Sie, bitte?"

Die Frau lächelte.

„Ich möchte gerne zwei Schokoladen-Brötchen kaufen.", sagte sie.

Da waren Majas Hände zu klein, sie konnte nicht beide Croissants auf einmal geben. Deshalb gab sie zuerst das Eine und dann das Andere.

„Auf Wiedelsehen! Ich wünsche Ihnen einen schönen Tag!", sagte sie zu der älteren Dame mit dem lustigen Hut, die bedankte sich und ging amüsiert nach Hause.

Kurz danach, kam ein überheblicher Herr in die Bäckerei, mit einem weichen Hut und einem großen goldenen Ring an der Hand. Er schaute missbilligend Maja an und sagte:

„Würdest du die Verkäuferin aufrufen!?"

„Was möchten Sie, bitte?", fragte das kleine Mädchen höflich.

„Hör du, Kleine!", zischte der Herr wütend und schlug mit der Faust auf die Theke. „Ich bin eine sehr beschäftigte Person und habe keine Zeit zu verlieren, also sag sofort der verdammten Verkäuferin, hierher zu kommen!"

Maja zog sich verängstigt zurück.

„Das ist aber zu viel!", war die verärgerte Stimme Beos zu hören. „Entschuldige dich sofort bei meiner kleinen Freundin! Andernfalls wird es dir schlecht ergehen!"

Der Herr mit dem weichen Hut sah sich nach allen Seiten um, um zu sehen, wer denn diese Bemerkung zu machen gewagt hatte.

„Was ist denn hier los?" Er runzelte die Stirn und drehte sich zu Maja um, da er niemanden sonst in der Bäckerei sah.

„Was für eine Stimme war das?

„Bist du blind?", fragte Beo. „Hier, auf der Theke bin ich."

Der hochmütige Herr begriff endlich, woher die Stimme kam und seine Augen weiteten sich vor Staunen.

„Das kann nicht sein!", schaffte er es zu lispelten.

„Meinst du? Willst du wetten? Übrigens, du siehst sehr

dumm aus, mit diesen weit aufgerissenen Augen."

Der Herr mit weichem Hut wütete mit so schrecklichen Flüchen auf Beo ein, dass sogar die Vögel auf den Ästen des nahen Baumes betäubt verstummten.

Dann berührte das Käferchen seinen linken Schnurrbart, flüstert ein Zauberwort und plötzlich ist die Stimme des Mannes verschwunden. Er bewegte weiter seine Hände und auch die Lippen bewegten sich, aber kein Ton kam aus seiner Kehle.

„Es macht keinen Sinn dich anzustrengen", versichert ihm Beo. „Ich habe es so gemacht, dass du, bis morgen, nicht sprechen kannst. Deine Worte sind so hässlich, dass ich denke, du solltest besser für eine Weile den Mund halten. Was du dazu sagst?"

Der Herr mit dem weichen Hut konnte natürlich nichts sagen. Nur sein Gesicht schwoll an und wurde rot vor Zorn wie ein großer roter Ballon. Er ballte die Fäuste drohend, aber trat der kleine Käfer tapfer vor.

„Probierst du nur mir oder meiner kleinen Freundin etwas zu tun und es werden solche Sachen mit dir passieren, die du dir gar nicht vorstellen kannst!"

Der Mann fuchtelte hilflos mit den Händen vor seinem Gesicht, drehte sich auf dem Absatz um und
rannte die Straße hinunter, als ob ihn jemand verfolgte.

„Was fül ein schleckliel Hel!", sagte Maja zitternd vor Angst.

„Habe keine Angst, wenn du mit mir bist!", brüstete sich Beo. „Ich könnte auch winzig sein, aber ich bin das stärkste Käferchen der Welt! Merk dir das!"

„Gut, ich weede das meken."

„Und jetzt sollen wir uns vorbereiten, denn in kurzer Zeit werden die Kinder eine Pause in der Schule haben und es wird hier eine große Unordnung entstehen."

Bald kamen die Kinder wirklich, aber dieses Mal waren sie nicht so laut wie üblich. Sie gingen ruhig und irgendwie niedergeschlagen.

"Was ist denn mit euch passiert?", fragte Beo. „Warum seid ihr so blass? Habt ihr vielleicht eine Krankheit bekommen, oder was ist denn nur los?"

„Sie erlauben uns nicht...", antwortete ein Junge in einem braun-grün karierten Hemd.

„Wer erlaubt euch was nicht?"

„Unsere Eltern gestatten uns nicht, mit dir ins Käferland zu kommen. Und sie glauben gar nicht, dass du sprechen kannst oder dass du zaubern kannst."

„Echt? Also, sie glauben es nicht?" Der kleine Käfer kratzte sich am Kopf.

„In diesem Fall sollten wir für morgen eine Elternversammlung machen.", sagte er.

„Ein Elternversammlung?", fragten die Kinder erstaunt.

„Genau!", nickte das Käferchen. „Morgen ist der letzte Schultag und ich werde auf euch nach der Schule, in dem Park warten. Bringt eure Eltern mit und habt keine Sorge. Ich gebe euch mein Wort, dass eure Eltern euch erlauben werden, mit mir im Käferland Ferien zu machen!"

Beo traf sich mit dem Vermieter

Es war schon spät am Nachmittag, als die Verkäuferin und der Maestro von ihrem Spaziergang zurückkamen. Inzwischen war Maja nach Hause gegangen. In den Körben war fast kein Gebäck übriggeblieben und die Holzkiste auf der Theke war voller Münzen.

Beo erwartete von Anni, dass sie ihn für die gut geleistete Arbeit loben würde, aber sie bemerkte ihn gar nicht. Er war also wohl unsichtbar geworden.

Herr Friedensreich und sie sahen sich die ganze Zeit in die Augen und hielten sich bei den Händen, gerade sowie zwei Kinder aus dem Kindergarten.

Beo bekam es allmählich satt mit. Er konnte es sich nicht verkneifen, zu bemerken:

„Ich wage es, das verliebte Paar zu stören. Ich möchte nur sagen, draußen ist es schon dunkel und wir sollten nach Hause gehen. Es sei denn, ihr habt vor, hier zu übernachten..."

Die Verkäuferin zuckte zusammen, als ob er sie aus dem Schlaf geweckt hätte.

„Ach, ja! Du hast Recht, mein Junge. Entschuldige bitte, ich bin ein wenig abgelenkt heute!"

„Ja, ja, nur ein wenig...!", brummte das Käferchen unzufrieden.

Sie besprachen die Situation und beschlossen, dass der Maestro die Nacht in der Bäckerei verbringen muss. Es war ganz unmöglich ihn mit zu Anni zu nehmen, wo der Vermieter sicherlich hinter der Tür seiner Wohnung lauerte.

Auf dem Heimweg fuhr die Verkäuferin fort, nur über eine Sache zu sprechen: Was für wundervoller Mann Herr Friedensreich ist und wie schön er auf seiner Geige spielt.

Beo hörte geduldig ihr unaufhörliches Reden an. „Wenn ich jetzt weggehe", dachte er, „wird sie nicht einmal meine Abwesenheit bemerkt. Und sie versicherte mir noch bis gestern, wie sehr sie mich vermissen werde, wenn ich nicht mehr bei ihr sein werde..."

Schließlich bemerkte Anni, dass ihr kleiner Freund ziemlich ruhig war. Sie ahnte den Grund, nahm ihn aus der Tasche, streichelte ihm den Rücken und sagte:

„Hör mal, mein Junge! Herr Friedensreich hat mir von eurem zufälligen Treffen im Park gestern Abend erzählt. Und ich habe verstanden, dass ich, dank dir,
diesen wunderbaren Mann getroffen habe. Ich bin dir sehr dankbar dafür und will, dass du weißt, dass du immer mein bester Freund wirst!

Beo war zu Tränen gerührt. Er berührte ihre weiche Wange und sagte:

„Und du wirst immer meine beste Freundin sein, Anni!"

Dann gingen sie weiter auf ihrem Weg, fröhlich das Lied "Wir gehen springend und singend durch den Wald" summend.

Als sie aber ankamen, erwartete sie eine unangenehme Überraschung. Der Vermieter erwartete die Verkäuferin, mit bösem Gesicht, gleich an der Haustür.

„Könnten Sie mir bitte erklären, Fräulein, was dieses

Violinkonzert in der Nacht um zwei Uhr zu bedeuten hat?!"

Anni versuchte etwas zu antworten, aber er unterbrach sie wütend:

„Leugnen Sie nicht! Ich habe alles gehört und alles gesehen! Ein zerlumpter Musiker hat gestern für Sie die Geige gespielt und Sie haben ihm eine Blume zu geworfen! Ich warne Sie! Wenn dies wieder passiert, werde ich Sie hinaus auf die Straße werfen, zu Ihrem schäbigen Verehrer!"

Ohne etwas zu antworten, schlich die Verkäuferin sich mit von den Beleidigungen gerötetem Gesicht, vorbei an der mageren Gestalt des Vermieters und rannte die Treppe hinauf. Sie ging in ihr Zimmer, warf sich auf ihr Bett und brach in Tränen aus.

Beo, den sie im Moment völlig vergessen hatte, kroch aus ihrer Tasche und ging auf sie zu.

"Weine nicht, bitte!", sagte er. "Es bricht mir das Herz, wenn ich dich weinen sehe..."

Die Verkäuferin beruhigte sich ein bisschen und immer noch schluchzend und schnüffelnd, sagte: "Ich will nicht weinen, aber dieser Kerl ist so garstig! Er belästigt und beleidigt alle seine Mieter! Niemand hat jemals ein freundliches Wort von ihm gehört!"

„Vertraue mir, er wird seinen Teil abbekommen! Aber alles hat seine Zeit. Wir werden hier nur heute Nacht bleiben.", sagte der kleine Käfer.

„Nur diese Nacht? verwundert sich Anni. "Und wohin gehen wir dann?"

„Ich bin so vergesslich!", schlug er sich auf die Stirn. „Ich habe vergessen, dir das Wichtigste zu erzählen. Also, morgen, nach der Schule, werden die Kinder ihre Eltern in den Park mitbringen und ich überzeuge sie, ihnen zu erlauben, dass die Kinder mit uns ins Käferland kommen. Wirst du mir helfen?"

„Warte mal!", sagte Anni. „Mit uns? Was meinst du?"

„Ich spreche für mich, dich und den Maestro natürlich."

„Also beabsichtigst du uns mit dir ins Käferland zu nehmen?"

„Genau! Ich möchte euch dort auf eure Hochzeitsreise führen."

„Aber Beo, was redest du da?", errötete die Verkäuferin. „Herr Friedensreich hat mir noch keinen Heiratsantrag gemacht."

„Noch nicht, aber er wird das morgen tun."

„Echt? Und woher weißt du das?"

„Das spielt keine Rolle. Ich weiß einfach. Des Weiteren weiß ich, dass du ein Hochzeitskleid brauchst."

„Aber Beo, bist du verrückt?" Die Verkäuferin blickte ihn ernsthaft besorgt an. „Was für eine Hochzeit? Was phantasierst du da? Herr Friedensreich und ich haben kein Haus. Wo werden wir leben, wenn wir heiraten?"

„Lassen wir alle Sache der Reihe angehen!", unterbrach sie Beo ungeduldig.

„Also, der Maestro wird dir morgen früh einen Heiratsantrag machen, den, wie ich sehe, du bereit bist, mit Freuden zu akzeptieren. Ihr beide werdet in der nahen Kirche heiraten, danach werdet ihr in den Park kommen, wo ich mit den Kindern und ihren Eltern auf euch warte.

Dann wirst du mir helfen, die Mütter und die Väter, die ich bin, ein gutes und ehrliches Käferchen zu überzeugen.

Zum Schluss werden wir alle zusammen zu eurer Hochzeit gehen."

Anni wollte gerade fragen, wo diese Hochzeit stattfinden wird, wenn jemand beharrlich an der Tür klopfte und die krächzende Stimme des Vermieters sagte: „Fräulein, öffnen Sie die Tür sofort! Ich weiß, dass jemand bei Ihnen ist!"

Das Käferchen und die Verkäuferin waren so in ihr Gespräch vertieft, dass sie vergessen hatten, leise zu reden und der Vermieter, der vor der Tür war, hörte ihre Stimmen.

Beo kroch schnell wieder in die Handtasche der Verkäuferin und sie ging die Tür zu öffnen.

Der Vermieter stürmte in das Zimmer und sah sich um.

„Sagen Sie, wo Sie ihn versteckt haben?" Er runzelte seine buschigen Augenbrauen.

„Wen?"

„Stellen Sie sich nicht an, als ob Sie nicht verstehen. Ich weiß, dass Sie mit jemandem gesprochen haben, bevor ich hereinkam. Wo ist er?"

„Aber Herr Müller, sehen Sie nicht, dass es hier niemanden gibt?"

„Hm! Das glaube ich nicht so!", sagte der Vermieter und blickte unter den Tisch.

„Vielleicht haben Sie den Fernseher gehört. Er funktionierte, aber ich machte es aus, als Sie an die Türe geklopft haben.", log die Verkäuferin und wurde rot.

Der Vermieter sah sie mit seinen kalten Augen misstrauisch an und verließ das Zimmer, wobei er sich frug, ob er nicht verrückt wurde.

„Ich bin sicher, dass Stimmen gehört habe", murmelte

er, „und ich kann schwören, dass das nicht der Fernseher war."

Als die Tür sich hinter ihm geschlossen hatte, seufzte Anni vor Erleichterung auf.

„Gott sei Dank! Er konnte uns nicht fangen!", flüsterte sie dem Beo zu, der aus seinem Versteck kam.

„Ich würde bereitwillig diesem Herrn eine gute Lektion verpassen", flüsterte das Käferchen, „aber ich habe jetzt für ihn keine Zeit. Wir haben wichtigere Dinge zu tun. Morgen ist ein ganz besonderer Tag für dich, und ich will alles perfekt haben. Zeig du mir, bitte, dein schönstes Kleid!"

Die Verkäuferin zuckte die Schultern.

„Nun habe ich eigentlich nicht so viele Kleider..."

Sie zog aus dem Schrank ein ganz einfaches Kleid aus blauem Kattun und legte es auf das Bett.

„Das ist es. Ich gehe mit diesem Kleid sonntags in die Kirche."

„Nicht schlecht, aber wenn du mir gestattest, werde ich es ein wenig ändern. ", sagte das Käferchen.

Er berührte das Kleid und es strahlte plötzlich mit allen Farben des Regenbogens. Der einfache Kattun war zu glänzender Seide geworden. Das Kleid flatterte auch am leichtesten Hauch.

Anni war sprachlos vor Freude.

„Komm schon! Zieh es an! Schauen wir, wie du aussiehst", sagte Beo.

„Ich?", fragte die Verkäuferin ungläubig.

„Du natürlich!", lächelte das Käferchen. „Oder glaubst du, dass ich dieses Kleid tragen kann...?"

Anni ging hinter einen kleinen Wandschirm, um die Kleidung zu wechseln, doch schon bald tauchte sie wieder auf.

„Wie sehe ich aus?", fragte sie aufgeregt.

Beo pfiff begeistert.

„Herr Friedensreich ist schon verliebt in dich bis über beide Ohren, aber wenn er dich mit diesem Kleid sieht, wirst du ihn ganz blendet!", sagte er zufrieden.

In diesem Moment kamen die Klänge der Violine durch das offene Fenster.

„Das ist sicherlich Herr Friedensreich!", sagte die Verkäuferin und ging ans Fenster, um nach zu schauen.

In der Tat, konnte der Maestro kaum auf die Nacht erwarten, um unter dem Fenster seiner Geliebten für sie eine Serenade zu spielen.

„Ah!", klatschte Anni in die Hände. „Ich möchte so gern ihn hierher einladen!"

„Nun, lade ihn ein, dann!"

„Was?!"

„Geh nach unten und lade den Maestro ein!"

„Und der Vermieter...?"

„Der Vermieter? Nun, wenn du willst, kannst du ihn auch einladen...", scherzte Beo.

Die Verkäuferin ging zur Tür, öffnete sie und erstarrte an ihrem Platz. Der Vermieter stand vor ihr.

„Fräulein, Ihre Frechheit kennt keine Grenzen!", zischte er zwischen den Zähnen. „Ich habe Sie gewarnt, keine Serenaden mehr! Jedoch, der Mann von gestern kratzt wieder auf seiner Geige unter Ihrem Fenster!"

Plötzlich starrte er auf das schöne Kleid des Fräulein Anni.

„Was ist denn das?! Wie hat eine arme Verkäuferin, wie Sie, das Geld für ein so teures Kleid hat? Erzählen Sie mir nicht, dass Sie durch den Verkauf von Brötchen reich geworden sind."

Sein Gesicht verzog sich zu einer hässlichen Grimasse und er hob seinen mageren Finger vor das Gesicht von Anni.

„Ich glaube, Sie sind eine Diebin, denn es gibt keinen Zweifel daran, dass Sie dieses Kleid gestohlen haben!"

Beo konnte die Beleidigungen, die an seine Freundin gerichtet waren, nicht mehr dulden.

„Kein Zweifel ist, dass du ein echter Schurke bist!", rief er wütend. „Aber ich schwöre, in meinen Schnurrbart, jetzt wirst du bekommen, was du verdienst!" Er drehte sich zu der Verkäuferin um und meinte:

„Geh und hol den Maestro und ich werde hierbleiben, um die Konten mit diesem Herrn zu begleichen!"

Anni lief die Treppe hinunter, während der Vermieter Beo mit offenem Mund anstarrte.

„Du...du? Was bist du?", stotterte er.

„Was für eine Frage ist das? Kannst du nicht sehen, dass ich ein Käfer bin?"

„Ich bin nicht so dumm!", fauchte der Vermieter. „Ich sehe, dass du ein Käfer bist, aber du...du sprichst!"

„Also? Darf ich nicht sprechen?"

„Aber du bist...ein Käfer!"

„Na ja, und? Hast du etwas gegen Käfer?"

„Nein. Aber du redest!"

„Was ist mit dir? Du wiederholst dasselbe wie ein Papagei. Bist du sicher, dass du in Ordnung bist? Du siehst

ein wenig blass aus."

Schließlich fing der Vermieter an zu verstehen.

„Und jetzt, damit du uns nicht im Wege stehst", fuhr Beo fort „werde ich dich in eine Ameise verwandeln. Nach zwei Tagen, wenn meine Freunde und ich weit weg von hier sein werden, wirst du deine übliche Form zurückbekommen. Aber pass auf!", drohend hob er den Finger. „Ich kann immer noch zurückkommen und dann wird es dir schlecht ergehen, wenn ich erfahre, dass du mit deinem Mieter nicht in Frieden lebst!"

Nach diesen Worten, rieb Beo seinen linken Schnurrbart und bevor der Vermieter verstand was mit ihm passierte, verwandelte er sich in eine kleine schwarze Ameise, die in Panik hin und her lief.

Der Maestro und die Verkäuferin kamen in diesem Augenblick und Anni sah sich ängstlich in dem Zimmer um.

„Wo ist der Vermieter?", fragte sie.

„Er fuhr nach Hawaii ab, aber er war so in Eile, dass er sich nicht von euch verabschieden konnte. Ich hoffe, dass ihr deshalb nicht zu traurig seid...!"

Die Elternversammlung

Am nächsten Tag, am Mittag, saß Beo allein auf einer Bank im Park und wartete auf die Verkäuferin und den Maestro. Sie waren zu einer nahen gelegenen Kirche gegangen, um zu heiraten.

Stattdessen tauchte auf dem Pfad ein kleines Mädchen in einem kurzen roten Kleid auf.

Das war Maja, die sich nach allen Seiten umsah.

„Maja!", rief er. „Was machst du hier?" Sie lief zu ihm.

„Du bist also hie! Und ich habe dich übelall gesucht..."

„Weshalb hast du mich denn gesucht?"

„Nun, wegen des Tleffens. Du hast gesagt, alle Müttel und Vätel mitzublingen."

Beo bemerkte jetzt erst einen Mann und eine Frau, die langsam näherkamen.

Das kleine Mädchen winkte mit der Hand und rief:

„Mama, Papa, hie ist Beo!"

„Guten Tag!", begrüßte der kleine Käfer höflich die erstaunten Eltern. Dann wandte er sich zu Maja.

„Du hast nicht richtig verstanden, meine Kleine! Das, das habe ich gestern gesagt, nur für die Kinder, die schon in die Schule gehen, weil ich sie auf eine Reise nach Käferland mitnehmen will. Aber ich denke, dass du noch zu klein bist für ein solches Abenteuer."

„Ich bin abel nicht klein!", schüttelte Maja ihren blonden Kopf, bereit zu weinen. „Im nächstes Jah weede ich in del elsten Klasse sein!"

Mittlerweile kamen noch mehrere Kinder in Begleitung ihrer Eltern auf dem Pfad daher.

„Herzlich Willkommen, meine Damen und Herren!", begrüßte Beo sie lächelnd. „Ich nehme an, dass Sie mir einige Fragen stellen möchten, aber ich schlage vor, wir auf die Anderen zu warten und dann zu beginnen. Stimmen Sie mir zu?"

Alle sahen ihn betäubt und unfähig ein Wort aus zu sagen an. Es war schwer zu glauben, aber was die Kinder ihnen erzählt hatten, war wahr. Der kleine Käfer auf der Bank sprach wirklich!

Nicht lange danach, als alle Kinder und Eltern sich versammelt hatten, entstand zunächst ein fürchterlicher Tumult, denn jeder wollte etwas fragen, also sprachen alle gleichzeitig, sodass man nichts verstehen konnte.

Beo war nicht in der Lage, sie zu überschreiten, so beschloss er, sie zu verkleinern. „Nur so kann ich die Ordnung wiederherstellen", dachte er und ohne Zeit zu verlieren, rieb er sich den linken Schnurrbart.

Plötzlich wurde es ganz still. Die Eltern und die Kinder schauten sich erstaunt an und konnten ihren Augen nicht trauen. Alles war in einem Augenblick verändert. Das Gras herum war wie ein dichter Wald, wo verschiedene riesige Insekten krabbelten.

Eine dicke, grüne Raupe ging an ihnen vorbei und sah sie neugierig an. Sie sah zum ersten Mal so seltsam Zweibeinige Kreaturen. Alle Kreaturen, die sie kannte, hatten sechs, acht oder mehr Beine. Die Raupe blieb stehen, schaute die Fremden eine Weile an und setzte dann ihren Weg fort.

"Habt keine Angst! Hier droht euch nichts. Die Bewohner der Welt der Insekten sind in der Regel friedliche und freundliche Lebewesen", sagte Beo.

Übrigens sah er jetzt nicht mehr so klein und unbedeutend aus.

In diesem Moment waren schwere Schritte zu hören.

„Keine Panik!", rief das Käferchen in den folgenden Trubel. „Das sind Anni und der Maestro, die werden sich jetzt zu uns gesellen."

Und er rieb sich den linken Schnurrbart.

Die Verkäuferin und Herr Friedensreich waren so beschäftigt, sich in die Augen zu schauen, sie bemerkten im ersten Moment nicht einmal, dass sie kleiner wurden und wie plötzlich alles um sie herum sich verändert hatte.

Erst als eine rundliche Spinne, ganz mit goldbraun Moos bedeckt, sich ihnen näherte, um zu fragen, wie spät es denn sei, schrie Anni erschrocken auf und warf sich in die Arme des Maestros.

Die Spinne sah sich um, um zu verstehen, was der Grund für diese plötzliche Angst war, konnte aber nichts beängstigend entdecken. Sie zuckte die Schultern und ging weiter.

„Herr Friedensreich", sagte Beo, „kommen Sie bitte hierher mit Ihrer bezaubernden Frau, die, wie ich denke, jeden Moment in Ohnmacht fallen wird!"

Anni drehte sich wütend zu dem Käferchen um.

„Konntest du uns nicht warnen, dass du uns verkleinern willst?"

„Du hast Recht. Es tut mir leid!" Er entschuldigte sich. „Ich hätte euch warnen müssen. Aber jetzt, weil die Zeit davonfliegt, schlage ich vor zu beginnen.

Sehr geehrte Eltern, ich möchte euch fragen, warum ihr euren Kindern nicht erlaubt, mit mir nach Käferland zu kommen?"

„Aber das ist doch absurd! Sie sind ein Käfer!", sagte eine Mutter.

„Sehr geehrte Frau, Sie sprechen als ob ein Käfer zu sein, ein Verbrechen ist. Aber ich möchte Sie überzeugen, dass ich kein dreiköpfiger Drache bin, der zum Frühstück Kinder isst...Ich bin einfach ein gewöhnlicher Käfer. Ich wage auch sagen, dass ich außerdem sehr gut erzogen bin."

„Aber wir kennen Sie überhaupt nicht!", protestierte einer der Väter.

„Das ist wahr, aber Sie kennen sehr gut meine Freundin Anni, die auch mit uns kommen wird. Sie kann meine guten Absichten bestätigen."

In der Tat, die Leute in dem Wohnviertel kannten die

Verkäuferin und wussten, wie liebenswürdig und kinderlieb sie war.

Zu diesem Moment näherte sich ihnen ein besorgter weiblicher Marienkäfer, mit einem roten Kopftuch.

„Entschuldigen Sie bitte, ich suche meinen Sohn. Habt ihr nicht einen kleinen Marienkäferjunge vorbeigehen sehen?", fragte sie. „Ich habe ihn gesehen." sagte ein kleiner Junge.

„Hast du gesehen, wohin er gegangen ist?"

„Dorthin!", wies der Junge zu einem großen Stein

„Ah, dieses Kind ist so unartig!", beklagte sich der weibliche Marienkäfer. „Den ganzen Tag bummelt er und nie öffnet er mal ein Lehrbuch! Nur wenn ich ihn diesmal finde, werde ich ihn so tüchtig ausklopfen, dass er sich fürs ganze Leben merken wird!", drohte sie.

„Liebe Frau, verzeihen Sie mir bitte, dass ich mich einmische, aber ich denke, dass Prügel nicht der beste Weg für die Erziehung der Kinder ist", sagte Herr Friedensreich.

„Meinen Sie nicht, dass es besser ist, mit Ihrem Sohn zu sprechen und ihm zu erklären, warum Sie besorgt sind?"

„Vielleicht haben Sie Recht, lieber Herr, aber ich bin zu beschäftigt, um jedes Mal, wenn er etwas Dummes tut, ein aufschlussreiches Gespräch mit ihm zu führen!

Heute, zum Beispiel, bat er um meine Erlaubnis, an von der Schule organisierten Exkursion in die Welt der Menschen teilzunehmen. Und weil ich nicht einverstanden war, lief er weg von zu Hause!"

„Und warum haben Sie ihm nicht erlaubt zu gehen?" fragte eine Mutter.

„Aber ich bitte Sie! Machen Sie Witze? Wie würde ich es

ihm erlauben, in die Welt der Menschen zu gehen, dort ist es so gefährlich!"

„Echt?!", fragte eine Frau erstaunt.

„Aber natürlich! Es ist voll von affektiert Damen, die beginnen wie verrückt zu schreien, wenn sie ein Käferchen sehen. Und nicht nur das, aber sie beruhigen sich nicht, bis sie mit ihrem Hausschuh den armen Käfer nicht zerquetschen!"

Bei diesen Worten erröteten einige Damen schuldbewusst.

„Eigentlich ist das nicht ganz wahr", lächelte der Maestro. „zumindest in Bezug auf den Marienkäfer. Die Leute mögen sie und Keiner wird ihnen etwas Böses zufügen.

„Sind sie sicher?", fragte ungläubig der weibliche Marienkäfer.

„Ganz sicher!"

Sie dachte einen Moment nach.

„Nun, vielleicht werde ich meinem Sohn erlauben, auf diese Reise zu gehen.", sagte der weibliche Marienkäfer und wandte sich zu dem Stein, wohin ihr ungehorsamer Sohn gegangen war.

„Entschuldigen Sie mich, darf ich Sie etwas fragen?", rief eine der Mütter ihr nach.

Der weibliche Marienkäfer blieb stehen.

„Finden Sie es nicht gefährlich für unsere Kinder, Ihre Welt zu besuchen?", fragte die Frau.

Der weibliche Marienkäfer sah sie beleidigt an.

„Ich weiß, was Sie denken", sagte sie „aber sie können kaum in einem sicheren Ort sein.

Erstens, es gibt keine Autos, von denen sie überfahren werden können und zweitens, wir sind ziemlich friedliebenden Kreaturen, mehr als einige Menschen...

Und jetzt entschuldigen Sie mich, ich muss gehen!" Und sie eilte davon.

Alle sahen ihr nach, bis ihr rotes Kopftuch mitten im Gras verschwand. Einer der Väter brach als Erster das Schweigen:

„Ich denke, wir können doch unsere Knirpse, auf diese

Reise gehen lassen."

„Darüber hinaus wird Anni mit ihnen reisen.", sagten andere Eltern.

„Ich habe vergessen, euch etwas zu berichten.", gab Beo freudig bekannt. „Unsere liebe Anni heiratete Herr Friedensreich diesen Morgen! Also, sie ist jetzt schon Frau Friedensreich!"

Die Anwesenden beglückwünschten das Brautpaar, dann diskutierten alle zusammen die bevorstehende Reise der Kinder. Es wurde beschlossen, die Abreise am nächsten Tag am Nachmittag anzuberaumen.

Die Kinder jubelten mit unbeschreiblicher Freude diese Entscheidung. Sie sprangen und schrien "Hurra", während Beo versuchte, ihre Aufmerksamkeit zu bekommen und ihnen einige Anweisungen in Bezug auf diese Exkursion zu geben.

„Kinder, hört mir zu, bitte!" Er gelang schließlich, sie zu übertönen. „Ich möchte euch warnen, dass in Käferland alles ganz anders ist als in der menschlichen Welt. Also ihr werdet mitkommen unter einer Bedingung.

Versprecht mir, euch nicht von mir zu trennen und nichts ohne mein Wissen zu tun!"

„Wir versprechen!" beantworteten die Kinder im Chor.

Beos Augen hefteten sich auf Maja, die ihn mit angehaltenem Atmen beobachtete.

„Es tut mir leid, meine kleine Freundin, aber ich kann dich nicht mit mir nehmen. Sei mir nicht böse, bitte!", sagte er.

„Ich bin abel böse auf dich!", rief Maja und in ihren Augen glitzerten Tränen. „Du bist nicht meh ein Fleund von mil und ich weede niemals zusammen mit dil Gebäcken velkaufen!"

Beo blickte der Mutter des Kindes, die ihr Taschentuch nervös in die Hände zerknüllte. Sie lächelte verlegen und sagte: „Maja liebt Sie sehr, Herr Beo! Und ich bin sicher, dass sie Ihnen gehorsam sein wird. Ich bitte Sie, nehmen Sie sie mit!"

„Na, gut dann!", das Käferchen seufzte und drehte sich zu dem Kind: "Komm hier, kleines Fräulein!"

Maja lief zu ihm und umarmte ihn.

„Aber du sollst dich nicht von mir auch nicht für ein Moment trennen.", sagte Beo. „Du musst die ganze Zeit in meiner Nähe sein! Alles klar?"

„Alles klaa!"

„Darf ich sicher sein, dass du nicht nach einem Schmetterling laufen wirst und es wird nicht erforderlich sein, nach dir zu suchen?"

„Du dafst sichel sein!"

„Versprochen?"

„Vesplochen!"

Majas Gesicht strahlte vor Freude.

„Gut!", sagte Beo. „Und jetzt laden euch meine Freunde, Herr und Frau Friedensreich, alle zu ihrem Hochzeitsfest ein. Ich sollte euch aber vorher erneut vergrößern", lächelte er.

„Aber Beo, was redest du?", flüsterte die Verkäuferin besorgt ihm ins Ohr. „Was für ein Fest, ich habe noch nichts vorbereitet..."

„Ach du, meine Freundin!", blickte Beo sie vorwurfsvoll an. „Du vergisst immer, dass ich kein gewöhnlicher Käfer bin. Keine Sorge! Ich habe mich schon um alles gekümmert!"

Und wirklich, als sie ankamen, sahen sie, dass das Gebäude, in dem die Verkäuferin lebte, ganz mit Blumen und Girlanden geschmückt war.

Alles war bereit für eine wunderschöne Hochzeit. Das Zimmer der Frau Anni war klein und es war unmöglich darin, alle Gäste zu versammeln. Deshalb hatte das Käferchen einen großen Tisch im Garten vorbereitet. Der Tisch war mit Vielfalt an köstlichen Gerichten beladen.

Alle Mieter des Gebäudes wurden ebenfalls zur Feier eingeladen. Bis in den späten Abend waren Gelächter und die Klänge der Violine aus diesem in Regel düsteren und unfreundlichen Haus zu hören.

Der Abreise

Später, als endlich die Gäste nach Hause gegangen waren, wälzte Beo sich lange im Bett hin und her. Er überlegte, wie die ehemalige Frau Friedensreich aus dem Haus des Maestros zu verbannen sei.

„Wenn ich sie nur verkleinere, wird sie unverschämt wie sie ist, wird sie trotzdem im Haus bleiben und das wird zu Problemen führen", dachte er. „Nein, nein, das muss ich so machen, dass sie weg geht und nie mehr zurückkommt!"

Plötzlich fiel ihm ein, was er tun konnte. Die Idee schien so gut, dass er sich beruhigte, sein Kissen umarmte und einschlief.

Am nächsten Morgen gingen Herr und Frau Friedensreich, um zum letzten Mal die Bäckerei zu öffnen. Aber vorher verlangte Beo die Adresse des Hauses des Maestros.

„Was haben Sie im Kopf, mein Freund?", fragte besorgt Herr Friedensreich.

„Maestro, Sie haben jetzt eine Ehefrau, für die müssen Sie sorgen und sich um sie kümmern. Deshalb finde ich es ganz fair, dass die Eindringlinge ihr Haus verlassen müssen und Sie, mit Ihrer Frau, dort wieder einziehen und wohnen."

„Vielleicht haben Sie Recht, aber seien Sie bitte vorsichtig! Ich habe Sie schon gewarnt, wie gefährlich meine Ex-Frau sein kann, wenn sie wütend ist. Ich möchte nicht, dass Sie wegen mir Schaden nehmen", sagte der Maestro.

„Machen Sie sich keine Sorgen, mein Freund, mir wird nichts passieren!", antwortete das Käferchen. „Die Frau kann böse sein als eine Wespe, aber ich bin klüger als sie..."

Es war fast Mittag, als Beo in das Haus des Maestros kam, aber die Ex-Frau Friedensreich schlief noch. Sie mochte nicht früh aufstehen. Sie faulenzte im Bett bis spät und stand nur auf, wenn sie hungrig war. Dann zog sie ihre weichen Hausschuhe an und ging in die Küche, um etwas zu essen zu holen.

Leider, seitdem der Maestro nicht zu Hause war, war der Kühlschrank immer halb leer und die Pfannen auf dem Herd waren mit Spinnweben bedeckt.

Die faule Frau hatte keine Lust zu kochen. Aber sie hatte auch keine Zeit, weil sie den ganzen Tag durch die Geschäfte lief, um neue Kleider zu kaufen. Am Abend ging sie immer mit Freunden zum Tanzen.

So ungestört lebte die ehemalige Frau Friedensreich und sie würde wahrscheinlich auch weiterhin so leben, wenn Beo sich nicht in ihrem Weg gestellt hätte.

An diesem Tag erhob sie sich wie gewöhnlich am Mittag und ging sich träge streckend zur Küche. Sie wollte schnell etwas essen, vor ihrem üblichen Spaziergang durch die Geschäfte. Jedoch, nach ein paar Schritten, blieb sie stehen und lauschte. Irgendein seltsames Geräusch kam aus der Küche.

„Wahrscheinlich hat sich ein herrenloses Kätzchen eingeschlichen und es sucht etwas zu essen. Ich werde ihm aber begreiflich machen, dass es bei mir nichts gibt!", dachte die Frau.

Sie zog einen ihrer Pantoffeln aus und ging zur Küche, mit der Absicht, den Eindringling zu vertreiben. Aber als sie ins Zimmer blickte, schrie sie vor Entsetzen auf und schloss schnell wieder die Türe. Im Inneren sah sie einen enorm großen Käfer am Tisch sitzen und Butter auf einem Toast schmieren.

„Nein! Das kann nicht sein!", schüttelte die Frau den Kopf. „Ich bin sicher noch nicht ganz wach und darum scheint mir, dass ich verschiedene Gespenster sehe."

Sie raffte all ihren Mut zusammen und öffnete die Tür.

Der Käfer war dort, enorm groß und schwarz! Er hatte sich auf dem Tisch bequem hingelegt und frühstückte seelenruhige Toastbrote mit Butter und Marmelade.

„Guten Morgen!", nickte er der verblüfften Frau höflich zu und fragte:

„Wünschen Sie ein Toastbrot?"

„A-a, ich bin...ich...", stammelte die Frau, immer noch die Pantoffel in der Hand umklammert.

„Ich habe keinen Hunger."

„Schade. Die Toastbrote sind sehr lecker!", sagte er und nahm noch Marmelade. „Übrigens, ich habe mich nicht vorgestellt. Mein Name ist Beo und ich bin der neue Besitzer dieses Hauses."

„Aber das ist unmöglich!", rief die Frau verwirrt aus. „Ich wohne hier!"

„Sie irren sich, meine Liebe!", wandte er sich an sie. „Sie haben in dem Haus gelebt, bevor ich hier einzog. Von nun an, es ist mein.

„Mit welcher Begründung?", ließ die Frau nicht locker.

„Ganz einfach! Das Haus hat mir ein guter Freund geschenkt. Er heißt Herr Friedensreich. Kennen Sie ihn? Ein Prachtmann!"

„Ich glaube Ihnen nicht!"

Die ehemalige Frau Friedensreich ließ ihre Pantoffel endlich los.

"Mein Mann war wirklich nicht sehr klug, aber Ihnen sein Haus zu schenken...Das glaube ich nicht!", sagte sie

„Sehr geehrte Frau!" Beo stand auf und sein Kopf erreichte fast die Decke. „Es ist mir egal, ob Sie mir glauben oder nicht. Sie müssen sofort das Haus verlassen, denn meine Geduld ist erschöpft!"

Die Dame trat erschrocken zurück.

„Aber meine Kleider?", wimmerte sie.

„Ach ja! Hätte ich fast vergessen! Ich habe persönlich heute Morgen Ihr Gepäck zusammengesammelt und ich habe mich auch darum gekümmert, dass keines Ihrer Kleidungsstücke hierbleibt."

Beo wies auf mehrere großen Koffer, die neben der Eingangstür stehen standen.

„Leben Sie wohl, sehr geehrte Frau!"

Die Ex-Frau Friedensreich wollte etwas sagen, aber als sie das bedrohliche Gesicht des riesigen Käfers vor sich sah, seufzte sie ergeben auf und brachte ihre Koffer einen nach dem anderen nach draußen und schloss die Tür hinter sich.

„Uff!", seufzte das Käferchen erleichtert und kehrte zu seiner normalen Größe zurück. „Endlich ist sie weg! Jetzt kann der Maestro und seine nette Frau können hier kommen."

Er rieb sich die Hände zufrieden und machte sich auf den Weg zum Park, wo seine Freunde ihn erwarteten.

Als er ankam, erzählte er ihnen, was im Haus des Maestros geschehen war.

Dann forderte er die Kinder auf, Abschied von ihren Eltern zu nehmen, da der Tag schon fast zu Ende war und es Zeit war, dass sie sich auf den Weg zum Käferland machten.

ZWEITER TEIL

Das Käferland

Als Beo mit seinen Freunden zu dem großen Hügel außerhalb der Stadt kam, wo das Reich des Käfers begann, hatte die Abenddämmerung schon begonnen, über die Bäume hinabzusteigen.

Das Käferchen rieb sich den linken Schnurrbart, um seine Freunde wieder zu verkleinern und begrüßte sie mit „Willkommen in Käferland!". Dann, ungeduldig seine Eltern zu umarmen, führte er alle auf dem schnellsten Weg zum Palast, wo die königliche Familie lebte.

Zu dieser Zeit standen seine Eltern, die Majestäten, vor einem der Fenster des großen Thronsaals und sahen hinaus in der Hoffnung, dass vielleicht ihr Sohn endlich zurückkommen wird.

„Oh, wie viel ich wünschte, er wäre schon hier!", seufzte die Königin und wischte sich mit einem Taschentuch die Tränen aus ihren Augen. „Und wagen Sie nicht, ihn zu schelten, wann er kommt!", drehte sie sich wütend zu ihrem Mann um.

Der alte King antwortete nichts, senkte nur den Kopf. Er fühlte sich schuldig, dass sein Sohn den Palast verlassen hatte.

„Ich war zu streng mit ihm...", dachte er.

Plötzlich entstand eine große Aufregung vor der Pforte des Palasts. Einige Fremde standen da, die mit den Soldaten vom Wachdienst sprachen.

„Seine Hoheit kommt!", rief jemand und das Herz der Königin schlug schneller. Beide Majestäten liefen eilig nach draußen, wo Beo durch ein Spalier von Höflingen ging, von seinen Freunden gefolgt.

„Mama, Papa!", rief er, als er seine Eltern sah und eilte zu ihnen.

Das Treffen war so berührend, dass in den Augen vieler der Anwesenden Tränen standen. Jeder wusste, wie sehr der König und die Königin ihren einzigen Sohn liebten, deshalb freuten sich alle mit ihnen über seine Rückkehr.

Als sie den Palas betraten, beobachteten Frau Anni, der Maestro und die Kinder verzaubert und sie konnten ihren Augen nicht trauen.

Es schien, dass alles, was Beo erzählt hatte, die Wahrheit war. Er war ein echter Prinz und im später würde er ein König werden. Deshalb verlegten sie sich respektvoll, als er sich zu ihnen umdrehte.

„Freunde, was macht ihr da?!" rief Beo aus. „Diese Verbeugungen sind einfach beleidigend für mich! Anni, stell dich hin, bitte!

„Natürlich, Eure Hoheit!", sagte die Verkäuferin und verbeugte sich noch einmal.

Beo breitete hilflos die Arme aus.

„Aber was ist mit euch los, Leute! Maestro, ich hoffe, dass zumindest Sie mich verstehen können. Bitte erläutern Sie Ihrer netten Frau, dass ich „seine Hoheit" nur für meinen Untertanen bin. Ihr seid meine guten Freunde und meine Gäste, also zwischen uns sind solche Förmlichkeiten gar nicht nötig."

Herr Friedensreich zog seine Frau zur Seite, um ihr die Situation zu erklären.

Indessen, näherte Maja der Königin und berührte mit dem Finger ihre Kleider, die mit Edelsteinen geschmückt waren.

„Walum du so glänzende Kleidung hast? Bist du eine Zaubelin?", fragte sie. Ihre Majestät lachte und streichelte Majas blonden Kopf.

„Nein, meine Kleine, ich bin keine Zauberin, obwohl ich einige Zaubereien schon auch kann.

"Wie die, die auch Beo machen kann?"

„Genau wie diese!"

„Kannst du auch zaubeln?", wandte Maja sich dem König zu.

„Aber natürlich! Sieh hier!" sagte er und berührte ihr Kleidchen, das sich gleich mit Diamantstaub abdeckte. Maja strahlte wie ein Sternchen.

Die anderen Mädchen riefen neidisch aus „Ach!". Seine Majestät musste also auch ihre Kleidung berühren, damit sie auch zufrieden werden.

Dann gingen sie alle gemeinsam in den Palast hinein.

Dort war eine königliche Tafel vorbereitet, anlässlich der Rückkehr des Prinzen. Es gab allerlei Leckereien, aber ohne Zweifel, alle mochten am liebsten der sirupartige Erdbeerkuchen.

Während des Abendessens, erzählte Beo seinen Eltern von seinen Abenteuern in der Welt der Menschen. Alle amüsierten sich sehr und lachten über seine Witze.

Später ordnete die Königin an, die Gäste in prächtigen Zimmern unterzubringen.

Die Betten wurden aus weichem grünem Moos gemacht und ihre Bettdecken waren Blätter der wilden Veilchen, die die ganze Nacht dufteten.

Am nächsten Morgen, als die Kinder, der Maestro und Frau Anni aufgewacht sind, führte sie das Käferchen zur Hauptstadt des Königreichs, um ihnen die zu zeigen.

Er war nicht weit vom Palast und war die bizarrste Stadt die sie jemals gesehen hatten. Männliche und weibliche Käfer und natürlich viele Käferkinder gingen durch die Straßen.

Als sie den Prinzen sahen, verbeugten sie sich respektvoll und flüsterten untereinander: „Oh, sieh mal, welch interessante Gäste Seine Hoheit hat! Sie sind sicherlich Ausländer ..."

Kleine Häuser aus Edelsteinen oder gewöhnlichen weißen Kieselsteinen gemacht, sich wechselten mit niedlichen Läden

ab, in denen konnte man alles finden, was man nur wollte. Dort konnte man zum Beispiel Kaninchen Flaum kaufen, aus dem ein warmer Pullover für den Winter zu stricken war, oder die feinsten silbrigen Spinnennetze, von denen man ein wunderschönes Kleid nähen konnte.

Als die Gruppe weiter ging, starrte Maja fasziniert in das Schaufenster eines Ladens, in dem wunderschöne Juwelen mit ihren bunten Edelsteinen funkelten.

Hatten auch die anderen Mädchen die Nasen an das Fenster geklebt und ihre kleinen Augen leuchteten vor Begeisterung. Es gab keinen anderen Weg, sie mussten hineingehen.

Übrigens, Ihre Majestäten haben einen großen Hofball anlässlich der Rückkehr des Prinzen organisiert, der an diesem Abend im Palast stattfindet. Beo schlug sich an die Stirn.

„Lieber Gott, wie sehr bin ich abgelenkt! Ich hatte den Tanzabend heute ganz vergessen!", sagte er. „Es stimmt, dass bereits alle Mädchen schöne Kleider mit Diamantstaub übersät haben, aber es ist außerdem absolut verpflichtend für die Damen, mindestens ein kostbares Armband an jeder Hand zu tragen! Wir haben also keine Zeit zu verlieren!"

Und das Käferchen war in den Laden, von seinen Freunden gefolgt.

Die Verkäuferin verbeugte sich, als sie den Prinzen sah.

„Guten Tag, Eure Hoheit!"

Sie war eine freundlich lächelnde Käferfrau mit großen schwarzen Augen und ziemlich Lippenstift auf den Lippen.

„Guten Tag, gnädige Frau!", begrüßte Beo sie höflich.

„Würden Sie uns bitte die schönsten Schmuckstücke, die Sie in Ihrem Laden haben, zeigen?"

„Gerne!", klatschte die Verkäuferin in die Hände vor Freude und stellte eine mit dunklem Samt überzogene Schatulle auf den Tresen, auf der märchenhaft schöne Juwelen glitzerten.

Bei diesem Anblick waren die Kinder sprachlos und Beo vergnügte das sehr, er sagte mit einem kategorischen Ton: „Und nicht vergessen! Auf jeder Hand müsst ihr wenigstens ein Armband haben!"

Unter den Mädchen trat ein Trubel ein, während die Jungen enttäuscht zur Seite traten. Sie hatten kein Interesse an irgendwelchen Schmuckstücken, selbst wenn sie Diamant waren.

Der kleine Käfer kratzte sich am Kopf. Es sollte auch für sie etwas Interessantes finden. Plötzlich hellte sich sein Gesicht auf. Er blickte die Fräulein an, die sich um die Wette schmückten und verstand, dass diese Tätigkeit nicht so schnell beendet sein würde.

Frau Friedensreich hatte gerade ein Paar Ohrringen aus Rubinen an ihre Ohren gesteckt und drehte ihren Kopf vor einem großen Spiegel kokett von links nach rechts.

„Anni", wandte sich Beo zu ihr, „während ihr hier Schmuck wählt, dürfen wir mit den Jungen zum Stadion gehen? In einer kleinen Weile wird dort das letzte Käferball-Spiel für diese Saison starten."

„Käfer...was?" Frau Friedensreich blickte ihn verständnislos an.

Die Sache war, dass das wichtigste Treffen zwischen den Teams „Skarabäus" und „Maikäfer" gerade heute stattfinden würde. Es wurde entschieden, wer der Champion in diesem Jahr werden wird. Und dieser würde den Hauptpreis „Goldene Eichel" bekommen."

Als die Jungen das hörten, waren sie begeistert.

„Beo, von welchem Team bist du ein Fan?", fragte ein kraus köpfiger Junge.

„Von den „Skarabäus" natürlich!" Das Käferchen streckte stolz die Brust vor.

„In diesem Fall bin ich auch ein Skarabäus-Fan!", gab das Kind mit Begeisterung an.

„Ich auch! Ich auch!", riefen die anderen Jungen.

„Und ich? Nimmst du mich auch mit?" Maja zog Beo am Arm.

„Was? Willst du wirklich zum Käferballspiel mitkommen?
„Ja, das will ich!"

Maja wollte eigentlich nur neben dem Käferchen sein und es spielte keine Rolle, ob sie bei einem Käferballspiel waren oder mit den blutrünstigsten Piraten kämpfen würden. Sie hing sehr an ihm und hatte so viel Vertrauen in ihn, dass sie bereit war, mit ihm überall hin zu gehen.

„Aber du sollst dir Schmuck für den Ball wählen", sagte Beo.

„Ich habe schon gewählt", sagte das kleine Mädchen und hob ihre kleinen Hände, an denen ein Dutzend Diamantarmbänder hingen.

„Lieber Gott, aber du hast dich wie eine Wilde geschmückt!", sagte das Käferchen.

Maja wusste nicht, was eine Wilde ist, aber sie beschloss, dass das eine gute Sache wäre, da Beo sie so nannte. Auf jeden Fall legte sie noch zwei Perlenketten um ihren Hals und lächelte zufrieden.

„Jetzt bin ich noch meh Wilde, nicht wah Beo?"

„Ja", lachte das Käferchen und umarmte sie, „du bist jetzt eine echte Wilde!"

Anni meinte, dass sie nichts dagegen hätte, mit den Mädchen im Geschäft zu bleiben, so dass Beo gegangen ist, gefolgt von dem Maestro, den neuen Fans des "Skarabäus" und von Maja, die bei jedem Schritt mit ihren Armbändern und Halsketten klimperte.

Beo Ein Fan

Das Stadion der Hauptstadt von Käferland war wie jedes andere Stadion auch mit dem einen Unterschied, dass auf den Tribünen Käfer saßen. Sie aßen geröstete Sonnenblumensamen in Erwartung des Spielbeginns.

Verkäufer von Brötchen mit Würstchen und kaltem Himbeersirup gingen zwischen den Sitzreihen und priesen ihre Waren an.

Angestellte verteilten kostenlos grüne und gelbe Hüte an alle. Für die Fans des Teams „Skarabäus" gab es gelbe Hüte, und für die Freunde des Teams „Maikäfer" gab es grüne Hüte.

Die Verantwortlichen berechnete, wie viele Hüte von jeder Farbe sie verteilten. So konnte man herausfinden, wie viele Anhänger jede Mannschaft hatte, das war sehr wichtig, weil die Mannschaft mit den meisten Fans das Recht hatte, das Spiel anzustoßen. Aus diesem Grund versuchten einige der Käfer, zwei Hüte mitzunehmen, aber die Beamten waren sehr vorsichtig, um solche Verstöße zu verhindern.

Nachdem Beo und seine Freunde sich jeweils einen großen Burger einverleibt hatten, setzten sie sich auf die Holzbänke und warteten auf den Spielbeginn.

Es dauerte aber auch nicht lange dann kamen die beiden Teams aufs Spielfeld und das Publikum begann enthusiastisch zu skandieren:

„Ska-ra-bäus, Ska-ra-bäus!"

„Mai-kä-fer, Mai-kä-fer!"

Beo sprang von seinem Platz auf und rief: „Los Jungs, zeigt es diesen Schwächlingen!"

Einige Fans des „Maikäfer", die in der Reihe vor ihnen saßen, drehten sich um und blickten wütend auf Seine Hoheit an.

„He, du! Halt doch den Mund!", knurrte drohend einer von ihnen. „Ich werde dir zeigen, wer ein Schwächling ist, wenn ich dir eins auf die Nase gebe!"

Gemäß den Gesetzen des Käferlandes, waren im Stadion alle gleich, so dass es keine Rolle spielte, ob man ein gewöhnlicher Bürger war oder der Prinz selbst. Jeder konnte sagen, was er dachte.

Bei einer anderen Gelegenheit hätte Beo, als umsichtiger und höflicher Käfer, sich nicht dazu hinreißen lassen, den Anderen mit der gleichen Münze heimzuzahlen, aber er war nicht wiederzuerkennen. Seine guten Manieren waren einfach verschwunden und an deren Stelle die Leidenschaften des Käferball-Fan getreten. Er winkte mit seinen Fäusten vor dem Gesicht und rief höhnisch in Richtung der Fans des Teams „Maikäfer":

„Oh, wie verängstigt ich bin! Kommt nur her, ihr erbärmlichen Feiglinge und ich werde euch schon zeigen, wo es lang geht!"

Der Maestro, der die Seele eines Künstlers hatte, konnte gar nicht begreifen, wie es möglich war, dass ein Sportspiel so heftige Emotionen verursachen konnte. Er entschied sich, sich einzumischen.

„Aber Hoheit, kommen Sie doch bitte zur Vernunft! Ich denke, dass Sie im Moment unbedacht reden und das könnte große Unannehmlichkeiten nach sich ziehen. Ich glaube außerdem, dass es unter Ihrer Würde ist, sich mit Ihren Untertanen zu schlagen..."

Aber anstatt sich zur Vernunft bringen zu lassen, wurde Beo nur noch wütender auf sie und wer weiß was noch geschehen wäre, wenn nicht ein Käfer- Polizist rechtzeitig angeflogen wäre.

Während eines Käferballspiels, durften nur die Käfer-Polizisten fliegen. Für alle anderen war das strengstens untersagt. Dadurch konnten die Polizeibeamten ungehindert alles in Ordnung und Ruhe halten und die Spiele fanden ohne Aggressionen im Stadion statt.

Übrigens, wenn jemand diesen Beamten nicht gehorchte, war er für immer aus dem Gebiet des Käferlandes vertrieben. Niemand wollte natürlich, weit weg von seiner Familie und seinen Freunden leben, wann immer sich ein Käfer-Polizist zeigte, beruhigten sich alle und setzten sich wieder auf ihre Plätze.

Das Spiel hat inzwischen begonnen. Bei diesem Spiel versuchten die Spieler jeder Mannschaft, dem Gegner einen Holzkegel abzunehmen und ihn in das gegnerische Tor zu werfen.

Maja, deren Hut viel größer als ihr Kopf war, schob ihn gelegentlich mit der Hand zurück, um besser sehen zu können, aber er fiel immer wieder herunter und verdeckte ihre Augen. Schließlich wurde Maya des Kampfes mit dem Hut müde und nahm ihn vom Kopf.

Weil sie sich langweilte, holte sie eine Kreide aus ihrer Kleidertasche und begann, Prinzessinnen in langen Kleidern auf die Bank zu zeichnen. Die Arme und die Beine der Prinzessinnen waren dünn wie Stöcke und ihre Köpfe ziemlich groß, aber Maja mochte sie.

Sie begann, den Käfer am Arm zu ziehen, um ihm ihre Zeichnungen zu zeigen.

Beo, der eigentlich nicht glücklich darüber war, dass jemand ihn von seinem lieblings Käferballspiel abgelenkte rief mit gespieltem Interesse:

„Oh, wie schöne Mädchen du gezeichnet hast! Ist das hier ein Fernseher?", fragte er und zeigte auf etwas, das wie ein Quadrat mit Beinen aussah.

Maja trat beleidigt zur Seite.

„Abel Beo, du festehest gaa nichts! Diese sind keine Mädchen, aber Plinzessinnen! Und dies hie kein Feensehel ist. Diesel bist du!"

Sie kehrte sich beleidigt von ihm ab und das Käferchen kratzte sich verlegen am Kopf und fragte sich, was er nun machen sollte. Er schlug sich vor die Stirn und sagte:

„Aber natürlich, was für ein Dummkopf ich bin, bald kann ich einen Käfer nicht mehr von einem Fernseher unterscheiden! Ich verdiene, dass du in den nächsten 100 Jahren nicht mehr mit mir sprichst!"

Maja zuckte unruhig die Schultern. Sie wusste nicht wie lange hundert Jahre dauern, sie schwieg ein wenig und fragte, immer noch schmollend:

„Sind schon 100 Jahre velgangen?"

„Nein."

„Und wann welden sie velgehen?"

„Wenn wir älter werden, so dass wir dann ganz langsam an Stöcken gehen…", seufzte Beo traurig.

„Oh!" drehte sich das kleine Mädchen erschrocken zu ihm um. Sie war zwar beleidigt, aber es kam ihr zu viel vor, so lange nicht mit ihm zu reden.

„Beo und daaf ich nul fünf Minuten auf dich böse sein?", fragte Maja. Sie wusste, dass fünf Minuten nicht so lang sind, weil ihre Mutter ihr beigebracht hatte, die Uhrzeit zu erkennen.

„Aber natürlich!", schmunzelte das Käferchen unter

seinem Schnurrbart. „Du kannst sogar, wenn du willst, die Missstimmung auf morgen verschieben."

„Echt!?" Majas Augen weiteten sich vor Staunen.

„Nun, das ist ganz einfach! Heute werden wir uns verhalten, als ob nichts geschehen ist und morgen, wenn du es entscheidest, wirst du auf mich fünf Minuten böse sein."

Diese Möglichkeit gefiel Maja sehr.

„Na, gut. Ich weede dann moogen auf dich böse sein.

Unterdessen war das Spiel mit einem Sieg für die Mannschaft „Skarabäus" beendet, sodass unsere Freunde das Stadion zufrieden verließen.

Sie kamen in den kleinen Schmuckladen zurück, wo Frau Anni und die Mädchen auf sie warteten, und alle zusammen gingen zum Palast zurück, wo eine fieberhafte Vorbereitung für den bevorstehenden Ball zugange war.

Der Tanzabend im Palast

Der Tanzlehrer des Palastes versuchte den ganzen Nachmittag Beos Gästen einen der Tänze des Käferlandes beizubringen, aber es funktionierte leider nicht.

Wie bekannt, haben die Bürger des Käferlandes mehr als zwei Beine, so dass wenn der Tanzlehrer sagte: „Stellen Sie bitte Ihr erstes Bein vor das zweite!", war alles in Ordnung, aber als er sagte: „Jetzt bewegen Sie Ihr Drittes Bein vor dem Vierten!", ging alles schief.

Letztendlich entschieden die Gäste zu tanzen, wie sie konnten und der Tanzlehrer war mit dieser weisen Entscheidung sehr zufrieden.

   In den Gängen und Säulen des Schlosses lief es unaufhörlich hin und her, Scharen von Hofleuten und Dienern gingen Trepp auf und Trepp ab und als der Abend anbrach, begannen auch die eingeladenen Gäste anzukommen.

   Neben ihren Untertanen hatten die Majestäten auch viele Gäste eingeladen, die aus den benachbarten Königreichen kamen.

   Es gab Schmetterlinge, die mit ihren bunten

Abendkleidern aussahen wie exotische Blumen,

Glühwürmchen mit den funkelnden Lichtern ihrer kleinen Laternen und viele andere Bewohner der Insektenwelt.

Alle waren für den besonderen Anlass gekleidet, aber die Kleidung der kleinen Grasfeen waren zweifellos die Schönsten, ihre Kleider waren aus Mondstrahlen gewebt und es glänzte Sternenstaub in ihren langen Haaren.

Die Grasfeen waren nette, freundliche Kreaturen, die immer hilfsbereit waren und gerne allen helfen, so dass man sie liebte.

Sie lebten im Sommer in den Gräsern und im Winter, wenn der Schnee fiel, stellten sie sich in der Baumhöhle eines Walnussbaumes unter, wo sie auf die Ankunft des Frühlings warteten.

Der König des Käferlandes hatte sie schon mehrmals höflich eingeladen, sich im Palast niederzulassen, aber sie zögerten, die mit weichem Laub bedeckte Baumhöhle zu verlassen.

Wie bereits erwähnt, liebten fast alle die Grasfeen, aber leider hatten sie auch Feinde. Dies waren die gefährlichen Spinnenräuber. Sie waren aus dem Spinnenkönigreich wegen ihrer Schlechtigkeit vertrieben worden und wanderten bösartige Scheußlichkeiten verüben hin und her. Sie spannten im Gras ihre heimtückischen Spinnweben aus, in denen sie die ahnungslosen Reisenden fassten und raubten sie dann aus.

Die Grasfeen fanden oft diese Fallen und warnten die friedlichen Bewohner der Welt der Insekten, deshalb hassten die Spinnenräuber die Feen und verpassten ihnen keine

Gelegenheit, ihnen Schaden zuzufügen.

Das letzte Mal hatten sie den Feen aufgelauert, als sie im Fluss badeten und ihre Kleider gestohlen. Es war notwendig gewesen, dass der König des Spinnenreiches, König Spinnerung, persönlich intervenierte. Er zog mit seiner Armee auf den Spuren der Diebe mit der Absicht, sie zu fangen und dann im strengsten Gefängnis einzusperren, damit sie keine weiteren Untaten mehr verüben konnten.

Als der Spinnenkönig nach langem Umherirren endlich ihr Versteck fand, war es leider leer. Es gab nur die gestohlenen Kleider, die er ihren Besitzerinnen zurückgab und sich bei ihnen aufrichtig für den Vorfall entschuldigte.

Es gab aber etwas, das die Spinnenräuber mehr wollten als alles auf der Welt, nämlich die goldene Karpfenschuppe, die am Hals einer der Feen hing.

Vor einiger Zeit hatte der Herr des Seereiches, der Silberwels, ihn der Fee Daniela geschenkt, als Zeichen der Dankbarkeit, dass sie seinen jüngsten Sohn aus dem Netz eines Fischers gezogen hatte.

Die Karpfenschuppe hatte magische Kräfte. Sie war eine der vielen magischen Schuppen, die den Körper des Goldenschuppenkarpfen bedeckten, der, der Onkel des Silbererwels war und auch ein großer Zauberer.

Wenn die Spinnenräuber die Schuppe ergattern könnten, würden sie sehr viel stärker werden und dann könnten sogar die Grasfeen sie nicht mehr aufhalten. Jedoch trennte sich die Fee Daniela grundsätzlich nicht von der Schuppe, sodass die Räuber bisher keine Chance gehabt hatten, sie zu stehlen.

Aber zurück in den Palast. Der Tanzsaal oder wie jeder es nannte "Kristallsaal", weil er ganz aus Kristall war, sah fantastisch aus und funkelte im Lichte der zahlreichen brennenden Fackeln. Ein Orchester aus ausgewählten Musikern spielte wunderbare Musik.

Endlich gab die Königin ein Handzeichen, dass das Tanzen beginnen könne und alle Anwesenden überließen sich einem schwindelerregenden Käfer-Walzer auf dem strahlenden Fußboden.

Beo fand Maja kaum wieder im Gewühl. Sie drehte sich im Kreis mit geschlossenen Augen und ausgestreckten Armen.

„Du kleines Fräulein, was machst du hier allein? Ich habe dir gesagt, du solltest immer in meiner Nähe bleiben!", schimpfte er mit ihr.

„Nun, ich will tanzen, abel da ich keinen Tanzpatnel habe..."

„Wie kommt es, dass du keinen Tanzpartner hast? Wer bin ich dann?" Der kleine Käfer verbeugte sich galant und sagte:

„Würden Sie mir die Ehre erweisen, mit mir zu tanzen, mein Fräulein?"

Maja knickste, ergriff seine Hand, und die beiden wirbelten in einem ziemlich seltsamen Tanz herum, bei dem der Käfer für jeweils zwei Schritte, die Maja machte, vier machte.

Als die Feier in vollem Gange war, passierte etwas, das allen die Laune verdarb. Mehrere Ankömmlinge Herren, mit Masken auf den Gesichtern, kamen in den Kristallsaal hinein und fingen an, sich unter den neugierigen Blicken einen Weg zwischen den tanzenden Paaren zu bahnen.

„Was ist denn das?" Der König und die Königin tauschten erstaunte Blicke. "Wer sind denn die?"

König Käferung wandte sich an die Ankömmlinge.

„Meine Herren", sagte er, „hier liegt offenbar ein Missverständnis vor, das ist kein Maskenball."

„Majestät", verbeugte sich tief einer der Maskierten,

„Verzeihen Sie uns bitte! Wir haben das augenscheinlich nicht richtig verstanden, aber würden Sie so entgegenkommend sein, uns zu erlauben, zum Tanzabend zu bleiben?"

Der König zögerte einen Moment, dann entschied er, dass es kein Problem sein könne und nickte zustimmend.

Die Tänze begannen wieder und bald vergaßen alle den Vorfall. So bemerkte niemand, als einer von den seltsamen Gästen sich der Fee Daniela näherte und von ihrem Hals die Goldene Schuppe riss und schnell begann, durch die Menge in Richtung Ausgang zu eilen.

Die arme Fee war so überrascht von dieser unerhörten Frechheit, dass sie nicht imstande war zu schreien. Als sie sich endlich von dem Schreck erholt hatte und Hilfe suchte, war es zu spät. In dem anschließenden Tumult flohen die maskierten Fremden aus dem Palast.

Die Situation war äußerst unangenehm, vor allem für die Gastgeber, weil etwas so Schreckliches in ihrem Palast nämlich noch nie passiert ist.

"Haben Sie eine Idee, wer eine solche Gemeinheit getan haben könnte?", fragte Majestät die kleine Fee, die bleich wie die Wand war.

"Ach, ja!", sie nickte. "Ich weiß genau, wer die Diebe sind!"

"Wirklich?!" Der alte Käferung hob die Augenbrauen. "Und wer sind diesen Schuften?!"

Die Fee wandte sich an den König Spinnerung, der ebenfalls bei diesem Ball anwesend war:

„Glauben Sie mir, Majestät, es ist für mich äußerst

unangenehm, Ihnen das sagen zu müssen, aber ich bin sicher, dass die Spinnenräuber meine Zauberschuppe gestohlen haben.

Die Anwesenden riefen empört "Ach!" und König Spinnerung, bekannt für seine grenzenlose Rechtschaffenheit, rief wütend aus: "Man muss ein für alle Mal ein Ende setzen!"

Dann entschuldigte er sich für die Störung, die durch seine ehemaligen Untertanen entstanden war, sprach sein Bedauern aus, dass er nicht bleiben könne, und begab sich mit entschiedenen Schritten, mit seinem Gefolge, hinaus.

„Majestät, warten Sie bitte!", rief die Fee Daniela ihm nach. "Wahrscheinlich wissen Sie es nicht, aber wer die Goldschuppe hat, ist praktisch unerreichbar. Sie werden nicht in der Lage sein, das alleine zu schaffen!"

Dann sagte Beo, der bis jetzt alles wortlos beobachtet hatte:

„Majestät, ich komme mit Ihnen!"

König Spinnerung war tief gerührt.

„Ich danke Ihnen, Prinz", sagte er, „aber das kann ich nicht akzeptieren. Dieses Fest ist zu euren Ehren und Sie müssen hierbleiben."

„Majestät, ich bin sicher, dass meine Gäste und meine Eltern mich verstehen und mir verzeihen werden."

Beo sah seinen Vater an.

Der König, der auf die Entscheidung seines Sohns sehr stolz war, nickte zustimmend:

„Geh nur, mein Junge!"

Die Königin seufzte, sie war besorgt wie jede Mutter, aber

sie wusste auch, dass ein wahrer Prinz genauso handeln muss, also versuchte sie nicht zu widersprechen.

„Hoheit, ich fürchte, Sie verstehen nicht!", sagte die Fee Daniela. „In diesem Fall wird ein Zauber nötig sein. Außerdem brauchen wir nicht einen gewöhnlichen Zauber. Nur der Silbererwels kann uns helfen, aber leider lebt er an der Unterseite des Froschsees und ich weiß nicht, wie wir mit ihm in Kontakt kommen können."

„Ich glaube, ich kenne jemanden, der uns helfen kann" Beo wurde lebhaft. "Mir nach, meine Freunde!" sagte er.

Zu Besuch beim Silberwels

Als sie an der Wohnung des Käferbriefträgers ankamen, war es schon nach Mitternacht, darum wunderten sie sich, dass seine Fenster noch erleuchtet waren.

Der alte Mann steckte gerade die Briefe in den Postsack, die am nächsten Tag ausgetragen werden mussten, als es an der Tür klopfte.

"Wer kann das um diese Zeit sein?", murmelte der Käferbriefträger und ging, um die Tür zu öffnen.

Als er so viele illustre Gäste sah, verschlug es ihm die Sprache und er rieb sich die Augen, um sicherzugehen, dass er nicht träumte.

Mit Beo waren König Spinnerung, die Fee Daniela, der Maestro, Anni und selbstverständlich Maja gekommen, die wollte sich für nichts in der Welt von dem Käferchen trennen. Trotz all seiner Ermahnungen und Bitten wollte sie nicht im

Palast bleiben und ging mit ihm.

Übrigens beneideten die anderen Jungen und Mädchen sie sehr.

„Was ist los mein Junge? Was ist passiert?", fragte der Briefträger, aber innewerden, dass er nicht allein mit dem Prinzen war, korrigiert er sich schnell:

„Eure Hoheit, was führt Sie hierher?"

„Es tut mir sehr leid, Herr Briefträger, dass wir Sie zu dieser unangemessenen Zeit stören, aber es ist leider sehr dringend und duldet keinen Aufschub.", sagte Beo und erzählte was während des Balls passiert war. „Die Schuppe hat magische Kräfte und wenn sie in den Händen der Räuber Spinnen bleibt, können sie damit großen Schaden anrichten!", fügte der kleine Käfer hinzu.

„Der Einzige, der uns helfen kann, ist der Silberwels, aber ohne die goldene Schuppe, können wir nicht in Kontakt mit ihm kommen, Sie sind also unsere letzte Hoffnung. Sie kennen den Briefträger dem Froschsee und wenn Sie uns zu ihm führen, würde er uns helfen können, mit dem Silbererwels in Verbindung zu treten."

"Sie sind an die richtige Stelle gekommen, Hoheit!"

Der alte Käfer lächelte zufrieden, dass er jetzt helfen konnte.

"Wir sind sehr gute Freunde der Postbote aus dem Froschsee und würde ich mich freuen, ihn zu besuchen. Lassen Sie mich nur meinen Mantel nehmen und wir können uns dann gleich auf den Weg machen."

Nach etwa einer Viertelstunde waren sie bereits am See, und während sich noch alle fragten, wie denn wohl der

Käferbriefträger mit seinem Kollegen in Verbindung treten könne, zog er aus der Tasche eine kleine Trillerpfeife und pfiff auf ihr.

Fast sofort kam ein langbeiniger Wasserkäfer an die Oberfläche und umarmte den alten Postboten herzlich.

"Du bist seit langem nicht mehr vorbeigekommen, mein Freund! Du hast keine Ahnung, wie froh ich bin, dein Signal wieder einmal zu hören! Oh, aber du bist nicht allein, wer sind denn diese?"

Der Käferpostbote stellte seine Gefährten vor und erzählte, was während des Balls im Palast passiert war.

"Ja..." nachdenklich kratzte sich der Wasserkäfer am Kopf, "Offenbar ist dies eine dringende Angelegenheit. Nur frage ich mich, wie ich seine Majestät zu diesem ungewöhnlichen Zeitpunkt wecken kann, ohne ihn zu verärgern. Er kann mich schlucken, bevor ich irgendetwas erklären könnte ..."

"Sie sollen ihm gar nichts erläutern", sagte die Fee Daniela. "Sagen Sie ihm nur, dass ich in Schwierigkeiten bin und Hilfe brauche.

Der Wasserkäfer tauchte unter in den See, und Beo und die anderen blieben am Ufer, um auf ihn zu warten.

Die Nacht war ruhig und warm. Der Mond spiegelte sich im See, alles mit seinem blassen, gespenstischen Licht erhellend.

Anni starrte ängstlich in den Schatten der Bäume und ging so nahe wie möglich an den Maestro heran. Es schien ihr, dass jeden Moment die blutrünstigen Spinnenräuber hinter den Gebüschen hervorspringen könnten.

Sie seufzte erleichtert auf, als das Wasser des Sees sich bewegte und der flache Kopf eines riesigen Welses auftauchte. Seine silberne Haut schimmerte im Mondlicht.

"Guten Abend!", begrüßte der Wels höflich seine Besucher und unterdrückte ein Gähnen. "Darf ich den Grund dieses mitternächtlichen Besuches wissen?"

"Guten Abend, Exzellenz!" verbeugte sich die Fee Daniela. "Verzeihen Sie mir, dass wir Sie um diese Zeit stören, aber nur Sie können uns helfen!"

Und sie erzählte ihm, was geschehen war.

„Ich verstehe", schüttelte der Wels seinen silbernen Kopf, „aber ich kann leider nichts machen. Der Einzige, der euch helfen kann, ist mein Onkel, der Goldschuppenkarpfen. In der Tat lebt er seit einiger Zeit bei mir, so dass ich euch jetzt zu ihm führen kann. Das Problem ist, dass er schon sehr alt ist und sehr tief schläft, aber wir werden versuchen, ihn zu wecken. Steigt ein!"

Und der Wels öffnete weit sein enormes Maul.

„Was?!", schrie Frau Friedensreich und zog sich verängstigt nach hinten zurück. „Er will, dass wir in sein Maul einsteigen!

"Ich bitte Sie, verhalten Sie sich ruhig, sie könnten ihn sonst beleidigen!", sagte König Spinnerung.

"Darüber hinaus gibt es einfach keinen anderen Weg, in das See-Reich zu gelangen", ergänzte Beo.

"Und wer sagt, dass ich ihn besuchen will?" Die Dame drehte den Kopf hartnäckig zur Seite.

"Komm meine Liebe!", umarmte sie der Maestro. „Es ist, als würde man in ein U-Boot steigen." Anni blickte ihn wütend an.

"Was redest du da, Liebling?", sagte sie. „Ich bin noch nie in einem U-Boot gewesen!"

In diesem Moment ertönte das dünne Stimme von Maja, die es sich schon im Maul des Welses bequem gemacht hatte:

"Komm, Anni! Es gibt nichts um sich zu füuchten!"

Frau Friedensreich schämte sich, dass ein solch kleines Mädchen mutiger war als sie. Sie nahm den Maestro fest an die Hand und stieg in das ungewöhnliche Gefährt ein, dann folgten auch die anderen aus der Gruppe.

Am Ufer blieben nur die zwei Postboten, die sich über die gute alte Zeit unterhielten.

Der Silberwels tauchte mittlerweile zu einer großen Unterwasserhöhle hinab, wo er mit seiner Familie wohnte.

Das Wasser füllte nicht die ganze Höhle und es gab im oberen Teil einen ziemlich großen, mit Luft gefüllten Hohlraum. Genau dort, vor einer kleinen Nische, öffnete der Wels sein großes Maul, damit seine Gäste bequem von Bord gehen konnten.

Sie staunten über den fantastischen Anblick, der sich vor ihren Augen bot.

Auf dem Boden der Höhle krabbelten tausende von kleinen funkelnden Krabben und in ihrem schwachen Licht sah alles wunderlich und unwirklich aus.

Anmutige Unterwasserpflanzen schwankten und zahlreiche kleine Silberwelse spielten zwischen ihren grünen Blättern. Dies waren die Kinder des Silberwelses, die zu diesem Zeitpunkt eigentlich schon in ihren Betten sein sollten, aber wie alle Kinder waren sie neugierig und als sie begriffen, dass Gäste gekommen waren, wollten sie diese natürlich auch sehen.

Der Jüngste von ihnen näherte sich und winkte mit dem Schwanz der Fee Daniela einen Gruß zu. Sie hatte ihn vor einiger Zeit aus dem Netz eines Fischers gerettet.

Wunderbar goldener Glanz bedeckte den Boden der Höhle. Dort, auf einem Bett von Algen, schlief der Goldschuppenkarpfen.

„Herzlich willkommen!", begrüßte der Silberwels seine Gäste und schickte zwei Forellen seinen Onkel zu rufen.

Nach mehreren erfolglosen Versuchen, den alten Mann zu wecken, trugen die Forellen ihn zusammen mit seinem Bett zu seinem Neffen.

"Exzellenz, wir können ihn nicht aufwecken", erklärten

sie.

"Nun, überlasst ihr diese Aufgabe einfach mir!", erwiderte der Wels, dann hustete er leicht, und beugte sich über seinen schlafenden Verwandten.

„Onkeeel!", schrie er so laut, dass auch die Bögen der Höhle zu zitterten begannen.

"Hä? Was? Wo ist ein Feuer ausgebrochen?", erschreckte sich der Goldschuppenkarpfen.

Er sah sich mit seinen großen blauen Augen um, als er seinen Neffen erkannte, beruhigte er sich wieder. „Was ist los, mein lieber Neffe? Ist es an der Zeit für das Abendessen?", gähnte er.

„Nein Onkel, es ist leider noch eine Weile bis zum Essen. Wir haben aber ein Problem, bei dem wir deine Hilfe brauchen. Erinnerst du dich an die Fee, die vor einiger Zeit meinen jüngsten Sohn aus dem Netz gerettet hat?"

„Natürlich, ich erinnere mich an sie. Hallo, Schöne!", drehte der Goldschuppenkarpfen seine blauen Augen zu Daniela. „Froh, dich zu sehen! Und wer sind diese damit dir? Ich kenne sie nicht."

"Onkel, lassen Sie das jetzt!", unterbrach ihn ungeduldig der Silbererwels. "Wichtiger ist, dass die Fee die goldene Schuppe, die Sie ihr geschenkt haben, verloren hat."

"Nun, mein Junge, was für ein Problem ist das?", wieder gähnte der Goldschuppenkarpfen. Ich bin im Besitz von so vielen Schuppen und sie sind alle golden."

Er lächelte die Fee an.

Sie verbeugte sich respektvoll und sagte:

„Ich fürchte, dass Durchlaucht nicht versteht! Der Punkt ist, dass die Schuppe mir eigentlich gestohlen wurde und dadurch in die falschen Hände geraten ist. Und Sie wissen am besten, welche Macht sie besitzt. Ich muss sie unbedingt zurückhaben!"

"Und ich, alter Narr, hoffe noch immer, dass eines Tages das Böse verschwinden wird...", murmelte der Goldschuppenkarpfen, der übrigens auch einer der mächtigsten Zauberer im See-Königreich war.

"Nun, da kann man nichts machen!", seufzte er. "Ich, der Alte, werde wieder eingreifen müssen."

Er befahl den zwei Forellen, seinen Zauberhut zu bringen. Dann setzte er den Hut auf den Kopf, flüsterte einige Zaubersprüche und reichte dann der Fee den Hut.

"Nimm meine Schöne! Du findest darin, was sie dir weggenommen haben."

Die Fee Daniela steckte ihre kleine Hand in den Hut und entnahm mit großem Jubel ihren Zaubergoldschuppen. Sogar der Seidenfaden, mit dem sie ihn immer um ihren Hals band, war da.

Nur wenig früher hatten die Spinnenräuber in ihrer Höhle damit begonnen, ihre kostbare Beute zu genießen. Sie machten schon Pläne, wie sie die Goldschuppe für ihre bösen Unternehmungen verwenden könnten, als diese plötzlich vor ihren Augen verschwand. Man kann sich ihr Erstaunen und die Verwirrung gar nicht vorstellen.

"Vielen Dank, Exzellenz!", umarmte die kleine Fee den Karpfen, der ihr aus dem Wasser sein blauäugiges Fischgesicht entgegengestreckt hatte.

"Du musst mir nicht danken, meine Schöne! Das ist meine Aufgabe, dem Guten zum Sieg zu verhelfen.

Nun, entschuldigt mich jetzt bitte, aber ich werde ein Nickerchen machen. Gute Nacht!"

Mit diesen Worten schlief der Goldschuppenkarpfen sofort wieder auf seinem Bett aus Algen ein und die Forellen trugen ihn zurück auf den Grund der Höhle.

Der Silberwels fuhr seine Mitternachtsbesucher wieder zurück zum Ufer und nachdem sie Abschied genommen hatten tauchte er zurück zu seiner Unterwasserwohnung.

Es war nun auch Zeit für unsere Freunde sich zu trennen.

Beo, Maja und die Familie Friedensreich gingen zurück in den Palast. König Spinnerung aber setzte sich sofort auf die Spuren der Diebe.

Der Käfer Briefträger nahm Abschied von seinem Freund dem Wasserkäfer und bot der Fee Daniela an, sie nach Hause zu begleiten.

An der Küste blieb niemand. Nur eine leichte Brise rauschte durch die Blätter der Bäume und malte kleine Wellen auf die Oberfläche des Sees, in dem der Mond sich, geheimnisvoll lächelnd, spiegelte.

Maja verirrt sich und alle suchen nach ihr

Am nächsten Tag führte Beo seine Freunde in einen die nahen gelegenen Säle, die für die Magie bestimmt waren.

Der Raum war sehr groß, aber außer zahlreichen weißen Kreisen auf dem Boden war dort nichts zu sehen. Es reichte aber aus, in einen dieser Kreise zu treten, einen Wunsch laut auszusprechen und dieser wurde im selben Augenblick geheimnisvoll erfüllt.

Man konnte, beispielsweise, ein weltweit berühmter F1-Fahrer werden und an einer echten Rallye teilnehmen oder man konnte als Raumschiff Kommandant zum Mars reisen.

Man konnte in irgendein Märchen eintreten und sich in Schneewittchen oder Däumelinchen oder Aschenputtel verwandeln.

Darüber hinaus konnte man sich auch hin und her durch die Zeit bewegen, sich unsichtbar machen oder wie ein Vogel fliegen.

In jedem Zaubersaal arbeiteten auch ein paar Hexer. Sie hielten die "Wunschkreise", so wurden die weißen Kreise auf dem Boden genannt, in einwandfreiem Zustand.

Die Kinder hatten noch nie einen so interessanten Ort erlebt. Verglichen mit ihm, erschienen ihre Computerspiele langweilig.

Anni und der Maestro vergnügten sich auch. Sie wünschten sich die alten Ägypten besuchen, um selbst zu erleben, wie die ägyptischen Pyramiden gebaut wurden.

Der Verkäuferin gefiel es dort so gut, dass sie nicht mehr zurückwollte, also Herr Friedensreich schaffte es kaum, sie zur Rückkehr zu bewegen.

Es war schon spät am Abend, als der kleine Käfer sagte, dass es jetzt Zeit für die Rückkehr in den Palast ist. Das Erlebnis war aber für alle so spannend, dass niemand die Zauberreichen Räume verlassen wollte. Beo musste ihnen versprechen, dass er sie bald noch mal ins Käferland einladen werde und sie würden wieder einen der Säle der Magie besuchen.

Der kleine Käfer überprüfte vor der Abreise, ob auch alle da waren. Es stellte sich heraus, dass die kleine Maja verschwunden schien.

Beo nahm an, dass sie sich in eines der Spiele vertieft hatte und bestimmt wiederkommen würde, wenn sie müde war.

Die Rückkehr war eigentlich sehr einfach. Alles, was man tun sollte, war laut zu sagen "Ich will wieder zurück" und fertig.

Also setzten sich alle und warteten geduldig auf Maja.

Aber die Zeit verrann und das Mädchen erschien nicht. Beo ging nervös hin und her, und Anni war sehr besorgt. Der Maestro versuchte, sie zu beruhigen, aber er selbst war genauso unruhig.

Die Zauber-Assistenten versicherten, dass Maja in den Spielen nichts Schlimmes passieren kann, weil es immerhin nur Spiele sind. Aber warum war das kleine Mädchen nicht zurückgekommen? Was war mit ihr nur geschehen?

„Und was, wenn sie nicht in den Spielen ist ...?, sagte plötzlich Anni.

"Was meinst du damit?", fragte unruhig Beo.

"Ich weiß es nicht... Vielleicht hat sie den Raum unbemerkt verlassen. Das ist möglich, nicht wahr?"

Das Käferchen war ganz entsetzt bei dem Gedanken an eine solche Möglichkeit. In den Spielen war alles ganz ungefährlich, aber außerhalb konnte alles passieren. Auch die Spinnenräuber waren noch auf freiem Fuß. Unsere Freunde mussten Maja unbedingt finden!

Draußen war es bereits Nacht, deshalb begleiteten der Maestro und Anni die Kinder in den Palast zurück.

Beo aber ging zum Haus des Oberzauberers von Käferland. Er war für alle Zauberräume im Königreich zuständig und er war auch der Einzige, der mit Sicherheit feststellen konnte, ob Maja in noch einem der Spiele war.

"Hoffentlich, ist er nicht irgendwohin verreist!", dachte

der kleine Käfer, als er an die Tür des Hauses klopfte.

Der Oberzauberer war zum Glück zu Hause. Er erschien am Fenster, mit der Nachtmütze auf dem Kopf und fragte zornig:

"Wer klopft zu dieser ungelegenen Zeit an meine Türe? Wissen Sie nicht, dass die Nacht eine Zeit der Ruhe ist?"

"Herr Oberzauberer, das bin ich, der Prinz! Verzeihen Sie bitte die Störung, aber die Sache ist dringend!

„Oh, Hoheit, entschuldigen Sie bitte, aber ich erkannte Sie nicht im Dunkeln!" Er rieb sich die verschlafenen Augen.

"Ich komme in einer Minute!"

Bald schritten die Beiden schon zur Halle der Magie, wo das Ehepaar Friedensreich sie erwartete.

"Anni, was ist los, warum seid ihr nicht im Palast?", fragte Beo.

"Wir haben die Kinder in den Palast begleitet und dann sind wir wieder zurückgekommen, weil wir nicht ruhig sitzen bleiben können", antwortete die Verkäuferin. „Wir wollen mitkommen, vielleicht können wir dabei helfen."

Leider zeigte die Überprüfung, die der Oberzauberer machte, dass Maja nicht in den Spielen war. Sie war einfach verschwunden...

Was war eigentlich mit Maja geschehen?

Sie wählte das Märchen "Das Mädchen mit den Schwefelhölzern", aus aber bald beschloss sie, dass es ihr dort zu kalt war. Darüber hinaus gefiel es ihr gar nicht, alleine auf der Straße zu stehen und Streichhölzer zu verkaufen, während alle anderen Leute feiern und Geschenke zu

Weihnachten erhalten.

Sie ging zurück in den Raum, wo sie einige Zeit blieb, aber weil niemand ihre Beachtung schenkte, und sie es nicht schaffte Beo zu finden, entschied sie einen Spaziergang zu machen. Sie dachte überhaupt nicht, dass sie sich dabei verlaufen könnte

Es stellte sich heraus, dass es draußen äußerst interessant war.

Es gab unglaublich schöne Blumen, bei deren Duft man die Augen halb schließen musste und ihre bunten Blüten waren so groß, dass Maja sich in sie hineinsetzen konnte und schaukelte wie in einer Wiege.

Es gab große duftende Erdbeeren und köstliche Brombeeren.

Das Beste aber war, dass jeder anhielt, um mit ihr zu sprechen. Bienen, Ameisen, Schmetterlinge und andere Käfer wollten wissen, wer sie ist, woher sie kommt und ob sie sich nicht verlaufen hätte.

Maja mochte diese Aufmerksamkeit, weil sie sich so wichtig fühlte. Sie antwortete, dass sie nicht verloren sei, sondern nur spazieren gegangen sei.

Sie spielte von Zeit zu Zeit mit den kleinen Käfern, die sie in dem Gras traf und dann setzte sie wieder ihren Weg fort.

Und so unmerklich entfernte sich das kleine Mädchen weiter und weiter von seinen Freunden, als sie wieder zu ihnen zurückwollte, zeigte sich aber, dass das unmöglich war. Die Gegend war ihr völlig unbekannt und Maja begriff, dass sie sich verlaufen hatte.

Sie entschied sich, jemanden nach dem Weg zu fragen, aber leider war niemand in Sicht. Das arme Kind konnte nicht wissen, dass die Bewohner der Insektenwelt ungewöhnlich früh zu ihren Häusern gehen.

Obendrein hatte sie bei ihren Spielen nicht bemerkt, dass die Sonne sich dem Horizont näherte und dabei war unterzugehen.

Und so geriet Maja an einen ihr völlig unbekannter Ort,

ganz alleine und in der Nacht. Sie setzte sich auf einen großen Stein am Straßenrand und weinte untröstlich.

Nicht weit von dort, unter den Zweigen einer großen Kiefer, war das Haus einer alten Schildkröte. Sie war an diesem Tag zu Besuch bei einer Freundin gewesen und gerade nach Hause zurückgekommen, als sie ein Kind im Dunkeln weinen hörte.

Die Schildkröte näherte sich dem Mädchen und fragte: "Wer bist du und warum weinst du?"

"Ich bin Maja", schluchzte das Kind. "Ich bin eine Fleundin von kleinen Käfel und ich habe mich velolen.

"Ah, so? Und wie heißt dieser kleine Käfer? Weißt du, wo er wohnt?"

"Sein Name ist Beo und ... und er lebt im Palast und ich will zu Beoooo!"

Maja begann noch lauter zu weinen.

"Häm!", lächelte die Schildkröte "Ich glaube, dass ich deinen Freund kenne. Das ist der Sohn des alten Königs Käferung, nicht wahr? Mach dir keine Sorgen!", sagte sie. "Bleib in meinem Hause über diese Nacht und ich werde dich morgen früh in den Palast bringen."

"Wilklich?!"

Das Kind blickte auf und wischte sich die Tränen aus den Augen.

„Blingst du mich zu Beo?"

"Ich verspreche es! Komm, gehen wir nach Hause, es ist jetzt schon zu spät, ich wohne in der Nähe dort, unter dem Baum. Mein Name ist Frau Langsam, aber, da ich sehr alt bin, nennt mich alle Oma Langsam."

Das Haus der Schildkröte war klein, aber sehr gemütlich. Beide gingen in die Küche, wo es eine kleine Spüle gab. Sie wuschen sich die Hände, bevor sie sich an den Tisch setzten.

Die alte Schildkröte goss aromatische Kräutersuppe in zwei Schüsseln und holte aus dem Schrank einen kleinen Korb mit selbstgebackenem Brot.

"Komm, probiere meine köstlichen Gerichte und dann geh gleich ins Bett, weil du sicherlich sehr müde bist!", sagte sie zu dem Mädchen.

Als sie mit dem Essen fertig waren, machte Oma Langsam auf dem Sofa in der Küche ein gemütliches Bett für das kleine Mädchen und setzte sich neben sie, um ihr eine Geschichte zu erzählen. Nur dass sie, wie jede Schildkröte, sehr langsam sprach und, bevor sie sagen konnte:

„Es war einmal ...", schlief Maja schon ein.

Dann beschloss die alte Dame ein bisschen zu stricken, weil sie noch nicht müde war. Sie holte aus der Kommode die Socke, die sie im letzten Sommer angefangen hatte und begann laut, die Maschen zu zählen.

„Eine Masche allein stricken und zwei Maschen zusammen ...eine Masche alleine und zwei zusammen..." murmelte sie.

Am nächsten Morgen wachte Maya auf, als das Sonnenlicht durch das Fenster strömte. Sie sah, dass Oma Langsam schon etwas am Herd kochte. Dann erinnerte sie sich an Beo und sprang aus dem Bett.

"Oma, Oma!", rief das kleine Mädchen. "Komm, gehen wil! Du hast es mil vesplochen!"

„Natürlich werden wir gehen, meine Süße, aber wir sollen doch zuerst das Frühstück essen. Wir haben keine eilige Arbeit. Wie das Sprichwort sagt "Schnelle Arbeit schadet dem Master." Guck mal, welch leckere Pfannkuchen ich gemacht habe!"

Es gab keine andere Möglichkeit, sie mussten ein paar Pfannkuchen essen. Schließlich schlossen sie die Tür ab und machten sich auf den Weg zum Palast. In der Zwischenzeit war die Sonne schon hoch am Himmel.

Zur gleichen Zeit hatte Beo bereits das gesamte

Königreich in Bewegung gebracht. Es flogen in alle Richtungen Boten, die allen Bewohnern sagten, dass sie ein kleines Mädchen im kurzen roten Kleid in allen Ecken und Winkeln suchen sollten.

Und sicherlich wäre Maja auch sehr schnell gefunden worden, wäre sie den Weg zu Fuß gegangen. Sie fuhr aber in den Panzer der Schildkröte. Noch am Anfang ihrer Reise, entschied die Schildkröte, dass es für das Kind bequemer sei, in ihrem beweglichen Haus zu sitzen.

"Setz dich hierher, in die Nähe meines Kopfes, meine Kleine", sagte sie. "So senkt die Sonne dich nicht und gleichzeitig können wir miteinander reden"

Und so kamen beide langsam, langsam durch das Gras voran, während alle in Käferland ein kleines Mädchen im roten Kleid suchten.

Als sie fast den halben Weg zum Palast gefahren waren, entschied die Oma, dass es Zeit war, sich etwas auszuruhen und blieb unter einem Brombeerstrauch stehen.

"Abel Oma, wil weeden uns velspäten und Beo wild sehl besolgt sein!", seufzte Maja.

Das faltige Gesicht der Schildkröte lächelte: "Oh, mein Kind, ich bin schon ziemlich alt und ich werde schnell müde. Aber mach dir keine Sorgen! Da wir schon auf dem Weg sind, werden wir sicherlich auch ankommen! Weißt du das Sprichwort sagt: "Wer langsam geht, geht sicher und kommt auch sicher an sein Ziel!"

Wie man wahrscheinlich schon bemerkt hat, liebte Oma Langsam Sprüche und vor allem diejenigen, die sagten, dass es nicht gut ist, zu eilen.

"Ich finde es außerdem ganz Recht, wenn dein Prinz um dich besorgt ist", fügte sie hinzu. „Es geschieht ihm recht! Wo waren seine Augen, als du dich heimlich herausschlichst?"

Als Oma Langsam sich ausgeruht hatte, ging es weiter.

"Mach dir keine Sorgen, meine Kleine!", sagte die alte Schildkröte. "Noch vor dem Sonnenuntergang, werden wir im Palast sein."

Und das wäre sicherlich auch so gewesen, wenn sich nicht kurz vor dem Erreichen des Palastes etwas Unerwartetes ereignet hätte.

Ein Fuchs war am gleichen Moment an dem Hügel angekommen, um sich etwas zu Essen zu suchen. Er wollte gerade wieder zurück gehen, als er im Gras die Schildkröte sah.

Oma Langsam sah ihn auch und beeilte sich, sich in ihrem Panzer zu verstecken.

"Was ist los, Oma? Walum haben wir angehalten?", fragte Maja.

"Ruhe! Bleib so und zeig dich nicht, denn ein rothaariger Räuber lauert draußen und will uns aufessen!"

"Wel ist diesel lothaaligel Läubel, Oma?"

"Der Fuchs!

"Und wiid es uns wilklich aufessen?", Maja zitterte.

"Keine Angst!", beruhigte sie Oma Langsam. "Während wir hier in meinem Haus unter meinem Panzer sind, kann uns nichts geschehen! Das Schlimme ist, dass wir nicht weiter gehen können."

"Und nun, was weeden wil jetzt tun?"

"Wir müssen hierbleiben und warten, bis der Eindringling wieder verschwindet."

Nur dass der Fuchs entschlossen war, um jeden Preis Schildkröte zum Abendessen zu haben und nicht die Absicht hatte aufzugeben.

Die Situation war ernst. In dieser Nacht sollten alle Kinder zu ihren Eltern zurückkommen, es war also sehr wichtig, dass Maja beizeiten wieder im Palast war.

Zur gleichen Zeit setzten Beo, Anni und der Maestro die Suche nach dem kleinen Mädchen fort.

Sie hatten die Nachricht erhalten, dass König Spinnerung die gefährlichen Spinnenräuber gefunden und gefangen genommen hatte. Die gute Nachricht beruhigte ein wenig unsere Freunde und ermutigte sie, weiter zu suchen.

Es stellte sich heraus, dass viele Bewohner von Käferland das Mädchen tagsüber gesehen hatten, und jemand hatte sogar mit ihm gesprochen, aber niemand wusste, wo es hingegangen war.

Endlich sagte ein Glühwürmchen, dass er das Mädchen gesehen hatte, als es in das Haus der alten Frau Langsam ging.

Ohne Zeit zu verlieren, gingen sie zum Haus der Schildkröte. Beo wusste, wo sie wohnte, weil er dort einen Brief hingebracht hatte, als der alte Postbote krank war.

Leider, als sie ankamen, fanden sie die Tür des Hauses zugesperrt und dort hing die folgende Nachricht: „Heute werde ich nicht zu Hause sein, weil ich eine sehr wichtige Aufgabe im Palast habe. Oma Langsam."

Die drei Freunde vermuteten, was diese wichtige Arbeit sein könnte und entschieden sich, in den Palast zurückzukehren und dort zu warten.

Auf dem Rückweg gingen sie in der Nähe der Stelle vorbei, wo die Schildkröte und Maja durch den Fuchs festgehalten waren, aber leider konnten sie sie nicht sehen.

Der Tag ging zur Neige und der Abend näherte sich, aber

der Fuchs setzte seine Jagd fort.

Plötzlich begann etwas an den Panzer der Schildkröte zu klopfen.

„Was ist das, Oma?", fragte Maja besorgt.

„Das ist unser Heil, mein Kind! Es fängt an zu regnen."

Die alte Schildkröte wusste, dass die Füchse den Regen nicht mögen, und wenn es regnet, lieber zu Hause im Trockenen bleiben. Dieser Fuchs war keine Ausnahme. Sobald die ersten großen Tropfen auf sein Fuchsfell fielen, drehte er sich wütend um und mit großen Sprüngen ging er den Hügel hinauf.

Die Schildkröte und Maja konnten schließlich ihren Weg fortsetzen.

Es war schon spät in der Nacht, als sie den Palast erreichten. Es hatte in Strömen gegossen, so dass sogar die Wachen sich unter das Dach ins Trockene zurückgezogen hatten.

Oma Langsam klopfte an die große, schwere Tür, die sich langsam öffnete und Beo, Anni und der Maestro von dort aus den blonden Kopf der kleinen Maja sahen, der aus dem Panzer der Schildkröte hervor lugte, alle drei rannten, das kleine Mädchen zu umarmen.

Beo wandte sich streng an Maja, als sie den Palast betraten:

„Komm schon, kleines Fräulein, sag mir, wo du die ganze Zeit warst!? Du hast mir versprochen, dass du mich keine Sekunde verlassen würdest, nicht wahr?

„Abel ich habe dich nicht velassen, ich bin nul ein bisschen helumgelaufen."

Beo konnte nicht anders als bei diesem Wort zu lachen.

„Seht euch diese kleinen Schlingel an! Sie ist spazieren gegangen während wir krank vor Sorge waren"

„Beo, was ist ein Schlingel, ist das etwas Schlechtes?", fragte das kleine Mädchen und rümpfte die Nase.

Beo wandte sich an die Schildkröte.

„Vielen Dank, gnädige Frau! Wenn Sie nicht gewesen wären, wer weiß was meiner kleinen Freundin alles hätte passieren können!"

„Aber bitte! Ich habe nichts Besonderes getan. Es war eine große Freude für mich, dass das Mädchen die Nacht bei mir zu Hause verbrachte! Ich lebe ganz alleine und ich bekomme meine Einsamkeit allmählich leid..."

„Von nun an, sind Sie im Palast immer willkommen, gnädige Frau!", sagte der kleine Käfer.

„Sehr nett von dir, mein Junge, aber ich bin schon lange zu alt für solche langen Strecken. Sieh mal, wenn du zu mir zu Besuch kommst von Zeit zu Zeit, werde ich sehr glücklich sein."

Beo versprach, die alte Frau oft zu besuchen.

Dann gab er der Familie Friedensreich einen großen Edelstein.

„Liebe Freunde, das ist mein Hochzeitsgeschenk für euch. Ich wünsche euch, dass ihr sehr glücklich zusammen werdet!"

Anni umarmte ihn und sagte unter Tränen:

„Bitte vergiss du uns nicht! Komme manchmal bei uns vorbei."

„Aber natürlich. Ich werde von Zeit zu Zeit kommen, um deinen Kuchen zu essen und dem Maestro Geige spielen zu hören.

Der Regen hatte in der Zwischenzeit aufgehört und es war Zeit, sich zu verabschieden. Die Kinder waren bereit zur Abreise. Beo versprach ihnen, sie bald wieder nach Käferland einzuladen.

Im letzten Augenblick begann Maja zu weinen und schluchzte, dass sie sich nicht von dem Käferchen trennen wollte. Es konnte sie nichts trösten.

Beo umarmte sie. „Hör mal, meine Kleine! Es macht mich sehr traurig, dass du weinst. Wenn das so weitergeht, werden meine Schnurrbarthaare von all dem Kummer ganz weiß. Und kannst du dir vorstellen, wie ich dann aussehen werde? Die Mütter werden wahrscheinlich beginnen, ihre Kinder mit mir zu erschrecken. Sie werden sagen: „Sei gehorsam oder ich gebe dich zu dem schwarzen Käfer mit dem weißen Schnurrbart!"

Endlich lachte Maja.

„Ich will dir etwas geben, bevor du los gehst", sagte der kleine Käfer und nahm aus der Tasche eine silberne Pfeife.

„Nimm das und immer, wenn du nicht etwas Wichtigeres zu tun hast, oder du einfach mit mir spielen möchtest, pfeife dreimal, und ich werde gleich zu dir kommen!"

„Danke, Beo! Das weede ich oft machen! Beo, und was ist ein Schlingel?"

„Das ist ein so kleines Ding, sehr neugierig und mit einem kurzen, roten Kleid gekleidet. Komm, laufe jetzt zu den anderen, du kleine süße Schlingel!"

Maja lief zu Anni und nahm ihre Hand. Beo rieb seinen linken Schnurrbart, um seine Freunde erneut zu vergrößern, die dann zum Park gingen, wo schon ihre Eltern ungeduldig auf sie warteten.

Der kleine Käfer und Oma Langsam gingen zurück in den Palast, wo die Schildkröte über Nacht blieb. Die Beiden sprachen über das Eine oder das Andere bis spät in die Nacht.

EPILOG

Ich vermute, dass meine kleinen Leser wissen wollen, was mit unseren Freunden weiter passiert ist.

Na, also gut.

Der König Spinnerung sperrte die Spinnenräuber in sein am sichersten bewachtes Gefängnis in seinem Reich ein und so konnten die friedlicheren Bewohner der Insektenwelt wieder ruhig ihren Geschäften nachgehen, ohne Angst vor ihnen zu haben.

Die zwei Freunde, die Postboten, gingen schließlich in den Ruhestand und beschlossen zusammen zu leben. Und sich um einander zu kümmern, wenn jemand von ihnen krank wird.

Was, was? Ihr wollt Nachrichten hören über den bösen Vermieter des Hauses, wo Anni vorher lebte? Nun, er ist jetzt ein ganz anderer Mensch geworden. Sobald er einen Käfer sieht, hebt er respektvoll den Hut und verbeugt sich. Er begrüßt alle Mieter freundlich und versteht sich mit ihnen sehr gut.

Die Familie Friedensreich lebt glücklich im schönen Haus des Herrn Friedensreich.

Abends spielt der Maestro für Anni auf seiner Geige und sie, von seiner Musik fasziniert, vergisst fast das Abendessen.

So verlor sie an Gewicht und wurde bald eine schlanke, elegante Frau.

Mit dem Geld aus dem Edelstein, kauften die Beiden einen kleinen Laden, wo die Verkäuferin ihre Backwaren verkaufte.

Maja lernte, den Buchstaben „R" richtig auszusprechen und ging zur Schule. Sie pfiff oft die silberne Pfeife und Beo erschien. Die beiden Freunde begeben sich dann auf neue Abenteuer.

Haben wir jemanden vergessen? Ach ja, die Grasfeen!

Sie erinnern sich sicher, dass sie sich im Winter in die Höhle eines alten Nussbaums zurückzogen. Dies ist nicht mehr der Fall.

Sie sind in das Haus von Oma Langsam eingezogen und die alte Frau ist sehr glücklich, weil sie nicht mehr alleine ist.

Die Feen sammeln Beeren und Kräuter, aus denen die Schildkröte köstliche Gerichte bereitet.

Gelegentlich kommt auch der kleine Käfer sie besuchen.

Kinder, schaut heute Abend aus dem Fenster eures Zimmers. Seht ihr die kleinen beleuchteten Fenster unter dem großen Baum im Park?

Das ist das Haus der Oma Langsam, wo sie, Beo und die Grasfeen, viel Spaß miteinander haben. Sie erzählen sich lustige Geschichten, während köstlicher, sirupartiger Erdbeerkuchen knabbern.